台南遇袭记

张铭清 著

九州出版社 JIUZHOUPRESS | 全国百佳图书出版单位

图书在版编目（CIP）数据

台南遇袭记 / 张铭清著. -- 北京 : 九州出版社,
2019.12
　　ISBN 978-7-5108-8860-1

　Ⅰ．①台… Ⅱ．①张… Ⅲ．①纪实文学－中国－当代
Ⅳ．①I25

中国版本图书馆CIP数据核字(2020)第013266号

台南遇袭记

作　　者	张铭清　著
责任编辑	习　欣
出版发行	九州出版社
地　　址	北京市西城区阜外大街甲 35 号（100037）
发行电话	（010）68992190/3/5/6
网　　址	www.jiuzhoupress.com
印　　刷	三河市兴博印务有限公司
开　　本	880 毫米 ×1230 毫米　32 开
印　　张	7.125　　插页　0.5
字　　数	118 千字
版　　次	2022 年 2 月第 1 版
印　　次	2022 年 2 月第 1 次印刷
书　　号	ISBN 978-7-5108-8860-1
定　　价	56.00 元

2008 年 10 月 22 日晚到达北京，在首都机场向在场等候的媒体致意
（台湾《中国时报》提供）

2008 年 10 月 21 日晚，应邀到台湾天后宫访问（台湾《中国时报》提供）

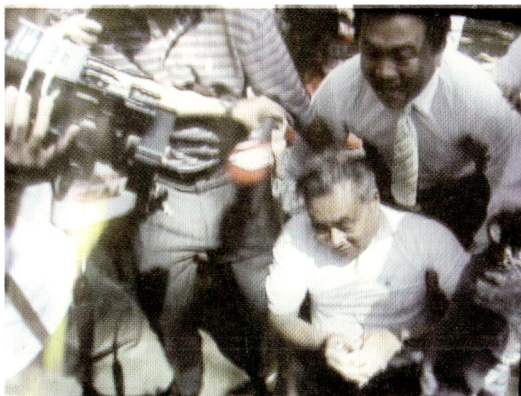

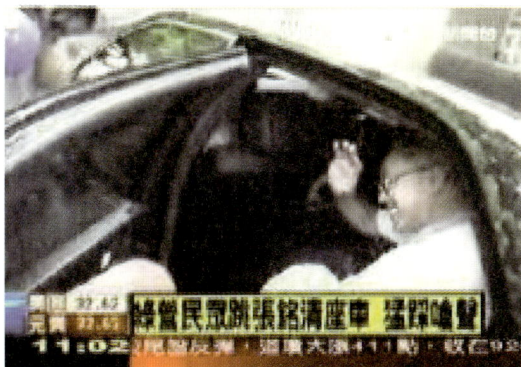

台南遇袭现场（台湾
TVBS 提供）

2008 年 10 月 22 日回京阅读《厦门日报》相关报道

銘清副會長勛鑒：

　　這次您獲邀參加台南藝術大學舉辦「兩岸傳播暨影像藝術學術研討會」，對於您在學術的貢獻，^{伯源}殊深感佩。

　　今年五月中國四川省發生強震，本縣溪州鄉民在您多方奔走與鼎力協助下，能安然返台與親人團聚，鄉民們無不感念在心，更時時將這份情誼銘記在心，不敢或忘。對於您這次參訪遇襲事件，^{伯源}至感遺憾之外並譴責此暴力行為，曾受您幫助之鄉民為表達對您的支持與友誼，特別自行製作酥餅慰問，期盼不因此單一事件而減損彼此情誼，相信在雙方共同努力下，定能達成照顧兩岸民眾的共同福祉。

　　敬頌

勛綏

　　　　　　　　　　　　　　　　弟　卓伯源　敬啟

　　　　　　　　　　　　　　　　2008 年 10 月 24 日

台湾彰化县长卓伯源函件

張副會長鈞鑒：

今年五月十二日，四川汶川大地震時，剛赴溪州成功村之敝姓參加祥鶴旅行団，彼因汶川承蒙海協会張副會長之協助，得以脫困回家全國感。您近日來台及受李曲我們深感不捨師遠感，因員們謹致立深々的感謝，並附上村中的特產：奶油酥餅請笑納。

敬祝：

大安。

成功村祥鶴旅行団
団員 鄭茂盛 敬上

二○○八年十月二十二日

台湾彰化县溪州成功村祥鹤旅行团团员郑茂盛函件

銘清教授道席：

弟在武漢探親時獲悉
文祥應邀在台參加學術研討會於南市受不虞之凶暴力相加心身俱創至表關切邇前返台拟親往慰問惟
文祥已先一日遄返北京未能相覿以慰懸念至感遺憾尚
請　諒察素諗吾
兄學養深邃篤愛和平不刊之慶莫不受摩衆衷心欽佩與歡迎此行受到合獨分子蓄意傷害聞者無不感嘆務
請好好休養加意珍攝耑此致懇馨禱

座安

許歷農

台湾原"陆军总司令"、"政战部主任"、新同盟会会长、"国统会"副主任许历农上将函件銘清副會長吾兄賜鑒：

電視上看到吾 兄在台南孔廟遭民進黨暴徒攻擊，實感萬分震驚及憤怒，此一暴行除充分突顯該黨之流氓特質外，實對台灣同胞是莫大的侮辱。

吾 兄臨行前所發表之談話，令人感到無比敬佩，吾兄犧牲小我，忍辱負重，談話中將暴徒與台南鄉親及台灣同胞做了明確切割，顧全大局之睿智令人動容，小撮暴民之行徑絕不能代表廣大台灣同胞及台獨份子所可阻擋。

謹代表台灣僑聯總會向吾 兄致上最崇高的敬意及最誠摯的慰問之忱，並請轉告陳雲林會長，我們熱忱歡迎陳會長的到訪，相信台灣官方也必會對陳會長的安全做出妥善安排。讓我們共同努力促進兩岸和平發展，不要中了宵小奸技，而推遲了兩岸發展的進程。敬祝

安康

簡漢生 敬上

二○○八年十月廿五日

国民党中央原发言人简汉生函件

尊敬的 张院长铭清教授：

您都好吗？

当天在电视荧光屏上目睹台南那些目无法纪的暴民无缘无故地袭击您，我感到万分震惊；在那声称"法治"的地方，所谓"民意代表"公然率众围攻大陆来访的一位知名学人，简直不可思议，难以置信。我所认识的所有文教界朋友们都有同样的感触，我所读过的各国主流媒体也表达了相同的看法。台湾"民主"已经彻底蒙羞。

从事件发生到您离开台湾、回到北京，您顾全大局的言论、宽宏的胸怀和彬彬君子的高尚风度都令人折服、激赏。您不愧是国家的卓越干部，难得的人才。

我特此向您表达敬意和慰问，同时祝愿您早日康复。

今年7月我在厦门大学贵院讲课期间，承蒙您设宴款待，也特此向您致谢。明年再度前往贵院时，希望有机会再拜会您，向您请教。

专此敬颂

安康！

吴元华　敬书
（《联合早报》原副总编，
贵院客座教授）
2008年10月26日

《联合早报》原副总编吴元华函件

Dear 張銘清老師 我們夫妻為您在台南之行被羞辱的遭遇深感致意。請相信台灣人絕大部份都是非常有禮貌和愛好和平的親兄姐妹只能說權力使人腐化。並感恩郎份草根愛台灣的善良百姓。也感恩張老師您的善解包容, 體諒和您的智慧, 令我們感動且您又忍著疼痛和羞辱的傷害低調回北京, 更讓我們夫妻不忍和感恩, 千言萬語請保重並深深的祝福。

最後祝喜樂, 平安, 健康。

"永遠以家鄉為榮舉台協一份子
王星卯、李美齡 敬啟
31. OCT. 2008.

王星卯、李美齡夫婦函件

RIMBUNAN HIJAU GROUP

Executive Chairman
丹 斯 里 拿 督 張 曉 卿
TAN SRI DATUK TIONG HIEW KING
(P.S.M., P.G.B.K.)

尊敬的張銘清教授：

　　您好！欣悉你赴台參加學術會議，卻驚悉你在台南被民進黨激進狂熱分子圍攏攻擊。你的安危，令我憂心，你的無恙，又令我松了一口氣。

　　野蠻的行徑，是民主政治的最大諷刺。政治的狂躁與極端，如果以傷人為目的，以撕裂民族的和睦為訴求，終必失敗，為眾人所唾棄。

　　兩岸關係的冰融與和諧，是海峽兩岸同胞和全球華人共同的盼望與祝福。北京奧運、百年圓夢，是揮別歷史積弱的最新標記。

　　殷殷祝禱，深深垂念；奔赴和諧，共創雙贏。

　　祝福您和您的家人。

（張曉卿）

2008 年 10 月 28 日

马来西亚长青集团总裁张晓卿函件

海峽兩岸關係協會

張銘清副會長鈞鑒：

　　本年十月二十一日，驚悉　鈞座在台灣參觀孔廟時，竟遭民進黨台南市議員王定宇率眾圍堵並推倒在地。我們深感震驚，並向　鈞座遭此意外致以深切的問候！

　　多年來，鈞座為兩岸關係的健康發展，促進中國和平統一大業的早日實現，盡心盡力，譽滿海內外。我們海外華人對於"台獨"分子的野蠻暴力行為表示強烈憤慨和嚴厲譴責，並將一如既往支持菲律濱政府的『一個中國』政策，繼續為促進中國和平統一作出更大的貢獻。

　　隨函呈送本人在菲律濱各華報刊登《嚴厲譴責台獨"分子野蠻的暴力行徑》，供參閱。專此，並頌

鈞祺！

李榮郈 🔲

二〇〇八年十月廿七日

菲律宾侨领李荣郈函件

尊敬的張會長您好：

我在电视上看見您老人家，被坏人推倒在地上，我心裡很難過，我又沒有辦法和他們鬥。

我只想祈求上天保佑您老人家，身體健康，希望您老人家身體趕快好起來。

等我長大後您再來台湾，我會好好的保護您。

祝長輩健康快樂，

笑口常開。

晚：輩李胤江敬上
2008年11月8日

等署假時我去探望您可以嗎？

台湾桃园小学生李胤江来信

自序

　　退休以后，虽然有了自由的时间，但是职业习惯使然，我从来没有无所事事的感觉，仍然天天在厦门大学上班。有人到我家见不到我，感到奇怪。老伴解释道："他呀，除夕、大年初一都在办公室呐。"问我"你已经无公可办，待在办公室干啥呢？"我答"除了还在带几个博士生和一些社会活动外，就是读书、写作"。读书，我写了几十万字的读书笔记，写作呢，主要是回忆往事。

　　2018年3月1日，新华社播发了我在《人民日报》发表的一篇回忆文章《习近平同志在福建宁德工作时反腐倡廉的生动实践——回忆1990年我的一次采访》。因为新华社作为重要文章发了通稿，全国的报纸全部转载。当天，福建省委还发了《关于认真学习人民日报〈习近平同志在福建宁德工作时反腐倡廉的生动实践〉的通知》，要求各级党委联系实际认真组织学习，省委常委当天带头专门组织学习。

说实话，拙作会引起这么高度的重视和如此大的反响是我压根儿没想到的。此后，各地的亲戚朋友纷纷打来电话，除了祝贺"又一次名满天下"等肯定的话外，还称赞我的记性好，28年前的事能记得那么清清楚楚，那么想必10年前的事，就更不在话下了。他们指的10年前的事，就是2008年10月21日，在台湾台南发生的震惊两岸乃至国际舆论的我遇袭事件，认为那更是世界级的"名满天下"的大新闻。

2009年9月22日，此前未曾谋面，也素无往来的台湾岭南画派的领军人物，书画大家欧豪年先生赠给我他写的一幅墨宝："一扑能匡两岸功，有容乃大是张公。至刚至柔斯人杰，竖子黔强技已穷。"欧豪年先生在台湾的书画界是泰斗级的人物，2005年，国民党主席连战、亲民党主席宋楚瑜访问大陆，作为贵重礼品赠送给胡锦涛总书记的两幅国画，就出自欧豪年之手。

因为我遇袭事件在两岸关系交流中史无前例，所以当年我从台湾回来后，一些出版社纷纷找上门来约稿，不少朋友希望我把这件事的来龙去脉写出来。他们建议，作为当事人，你不写出来，无人能够替代。后来，因为种种原因，我迟迟没有动笔。一是10年过去了，当年出版社约稿的理由，仍然萦绕在耳边。我作为一个从事了20多年对台工作的工作人员，又是这个事件的当事人，把这件事忠实地记录下来，作为两岸交流的史中的一页，让后人知道，两岸关系发展之路是怎样克服困难、历经艰险走过来的，是一件很有意义的事，我责无旁贷。否则时过境迁，没有立此存照，别人无可替代，毕竟是个缺憾。

因为做新闻工作的"职业病"，我有记日记和收集资料的习惯。遇袭事件发生后，我也注意记录和收集相关资料，写起来并不困难，于是就动笔了。

写出台南遇袭事件的初稿后，我征求新闻界的朋友的意见，得到了他们的肯定和鼓励，但是他们认为还不完整，应该把此后几次赴台的事情也一并写出来，才算完整。我觉得言之有理，于是分为上下两篇——上篇：台南遇袭；下篇："10·21事件"后四次赴台。

在前后一年多的时间里，我心无旁骛，断断续续，终于脱稿。我如释重负，长长地舒了一口气。掩卷沉思，不禁感慨万千。

屈指算来，1949年以后的两岸关系已经走过了70个年头。两岸关系历经风风雨雨，跌宕起伏，波诡云谲，成为海峡两岸中国人的一块心病。这既是无可奈何的事实，也是中华民族的不幸。后之视今，犹今之视昔。如同中国历史上过往的分分合合一样，在浩浩荡荡的历史长河中，这不过是大江东去腾起的一个稍纵即逝的浪花。一个人的能力有大小，但是，既然是历史长河中浪花中的一朵，就有责任，有义务，为历史的长河奔腾略尽绵薄。

这也算是我写下这段文字的初衷吧。

2018 年 10 月于厦门大学

目　录

下篇：后续四访台湾

台南遇襲

一、10 月 19 日，抵达台南

高雄机场遭遇记者围堵

2008 年 3 月，国民党的马英九当选台湾地区领导人，两岸关系和平发展出现新转机，两岸关系开始"融冰"，此前八年，主张"台独"的民进党陈水扁任职期间，两岸关系不断恶化。

两岸关系回暖后，各个领域的交流日益热络，两岸各个方面的交流团不绝于途。2008 年 10 月 19 日，由我率领的 21 位大陆高校新闻传播学院院长和媒体负责人组成的访问团，应台湾同行的邀请赴台交流。

当天下午 3 点半，访问团从厦门起飞，经过 1 小时的飞行到达高雄。飞机落地后，高雄市旅游观光局林专员与机场接待处长两人上飞机来迎接我们。林专员对我说，他们是受台湾陆委会和海基会的委托来接待我的。我向他们，亦请他们转达对陆委会和海基会的谢意，由他们带领我经过贵宾礼遇通道走出机场。

需要说明的是，我此行是以厦门大学新闻传播学院院长的身份率团访台的。但是，从台湾方面派专人登机迎接，并给予我一人从贵宾通道出机场的礼遇来看，他们还是以我海协会副会长的身份来礼遇接待我的。

临出发时，台湾新闻界的朋友就提醒我，因为我的身份和此行的行程已在台湾媒体披露，高雄机场可能有人抗议，也会有大批的媒体围堵采访，让我要有思想准备。可是，出机场时并没有遇到抗议的人，也没有媒体围堵采访的情况出现。有人分析，可能是台湾方面采取了阻挡措施。

正当我暗自庆幸的时候，却发生了意外。由于原定的访问团个别人的入台手续没有办妥取消了行程，结果把办好手续的两个人的入境手续也取消了。为此进行了一个多小时的查对交涉，才让办好手续的两个人入境。因为台湾各大媒体都有派驻机场的记者，得知我们来到的消息，立即通知了同行，于是大批记者闻讯赶来，我被记者围住采访。

他们问我的问题主要是此行的目的、任务。我申明，我此行是以厦大新闻传播学院院长的身份进行学术交流的，没有海协会的任务。但是，记者们不相信，问我此行是不是为海协会陈云林会长下月来台"打前站"的。我再次声明我的学者身份并说明来台是参加研讨会的，与海协会陈云林会长下月来台没有任何关系，但他们还是将信将疑。

改变晚餐地点

从高雄到台南有一个小时的车程，下午 6 点半到达台南。按照原定的计划，接待方台南艺术大学在当地特色小吃店"度小月"安排晚餐。

"度小月"是台南一家很有闽南特色的餐馆，是福建漳州人开办的。之所以叫"度小月"，是因为当地渔民在休渔期为了谋生，开办地方小吃以度过休渔期的月份。台南的"度小月"老板为了安排接待我们，几天前就做了准备。

就在快进入台南市区的时候，陪同我们的台南艺术大学老师被告知，"度小月"餐馆已经被抗议的人群包围，晚餐是否按原来的安排进行征求我的意见。为了避免冲突，我说，不去"度小月"了，改为直接到住宿的台糖长荣酒店用餐。

在酒店用餐时，"度小月"餐馆的老板带着几个人把原来给我们准备的小吃送来了。他们还不住地道歉，说有几个小吃必须是现做现吃的，无法送来。访问团为"度小月"餐馆的朋友的真情实意深表感谢，称来日方长，日后一定领情。

不速之客邰智源

正在用餐间，台南艺术大学的魏光莒老师跟我说，邰智源要来看我。我以为他从台北赶过来，连忙让他转告"千万不要来"。魏老师说，他已经来到酒店等我半个小时了。无奈我匆匆回到房间与他见面。

邰智源是台湾知名度很高的模仿秀艺人，以模仿名人为人称道。自从我担任国台办发言人后，他就在台湾"中天"电视台开办了"全民大闷锅"栏目，模仿我举办国台办新闻发布会。当然他这个"发布会"的内容是台湾发生的事情，但主调是批评陈水扁执政的劣迹的。收视率特别高，连"美国之音"都选用过他的节目。

此前，他多次通过台湾朋友联系，希望见见我这个"本尊"。两年前，我在北京见过他，还请他吃过饭。那天，他一进门就给我鞠了一躬，说"对不起"。我问："对不起，从何说起？"他唯唯诺诺地说："我真的很想见你，又很怕见你。"我问，为什么呢？他说："我怕你说我丑化了你。"我呵呵一笑说："怎么说丑化呢？你比我年轻，又比我帅气，你是美化了我呢。"我们在十分融洽的气氛中交谈，临别时还互赠了礼品。他赠我一尊陶瓷的文殊菩萨，我赠他把他的名字藏头的一幅字"智者乐水，源远流长"。他高兴地说，回去后一定挂在客厅的正面正中，这是无价之宝，价值连城云云。

现在他从台北赶来，我岂能拒之门外？我匆匆吃了几口饭，把他请进房间，交谈甚欢。告辞时，请他把带来的高粱酒、高山茶全部带回。

二、10 月 20 日，研讨会上

研讨会上的小插曲

第二天早餐，只见酒店大堂挤满了记者，酒店外停放着好几部直播车。我好奇地问："这么大的阵仗，有什么重大新闻吗？"有记者说，"老板叫我们 24 小时盯紧你，你到哪里都是新闻。昨晚你来时，我们就蹲守了一夜啦。"台湾新闻界朋友的敬业精神令我动容。

早餐时，魏老师告诉我，餐后大队人马从酒店大门乘大巴去台南艺术大学研讨会会场，建议我从酒店的地下车库走，以避开围堵的媒体。因为这几天民进党台南的地下电台从昨晚就反复广播，号召民众对我如影随形地抗议。今天一大早，抗议人群已经在台南艺术大学集结。当地警察局已经出动了好几部警车，调集了很多警力，防止发生意外。台南警察局还安排了四名警察做我的随身保镖。

从地下车库出来后，看到周围果然警察密布，气氛十分紧张。陪同我的魏老师不停地与学校联系，了解抗议人群的动向。警察局的特勤也不断询问到达的位置。魏老师告知，以王定宇领头的抗议人群，已经把台南艺术大学的校门堵死，为了摆脱这伙人的拦截我们要中途换乘学校教务长的车从侧门入校。

进入台南艺术大学校门，发现校园内警察、警车戒备森严，陡增紧张气氛。原来有几十人聚集在校门口抗议。他们打着侮辱性标语，高呼口号，要我对"毒奶粉"事件向台湾人民道歉，还企图冲击研讨会会场。原来，是台南市议员王定宇在电台上鼓动民众到台南艺术大学抗议的。因为他们的集会没有按相关规定向有关部门申请，属于非法集会，当地的麻豆乡警察分局局长张荣兴两度举牌警告他们行为违法，还发生了抗议者与维持秩序的警察发生推挤的情况。

9 时，2008 年第七届两岸传播暨艺术学术研讨会开幕。我在几位警察的护卫中进入会场。

台南艺术大学教务长介绍了在主席台就座的台湾世新大学的成嘉玲董事长、台湾知名新闻理论学者郑贞铭教授、台湾传播学者赵雅丽和我。成嘉玲董事长致欢迎词后，请我发表演讲。

我刚刚开口"尊敬的成嘉玲董事长"话音未落，就有一名坐在后排的男子大喊一声"等一等"。随即他站起来，扯开一块写着"台独"口号的白布条，并用中、英语高喊。后排有他的同伙呼应着往讲台冲过来，会场一阵骚动。立刻，教务长与几位警察冲过来把他们架了出去。后来，台湾朋友告知：闹场的人是台湾成功大学财经研究所的博士张浩明和政经所的一位女硕士。

因为有思想准备，我十分镇定并微笑着诙谐地说："我以前听说，台湾同胞热情好客，刚才我看到的一幕是不是这种特别热情的人，用特别热情的方式欢迎我们呢？这种欢迎的方式，真令人大开眼界。我们这个研讨会好像没有这样的安排，就算是一个小插曲吧！记得法国启蒙思想家伏尔泰有句名言'我虽然不同意你的说法，但我誓死捍卫你说话的权利'。在来学校的路上，就听说学校有抗议的行动。我无权阻止你的抗议，但是，能不能等我把话讲完，你再抗议不迟啊！"

研讨会并没有受这一小插曲的影响，按议程继续进行。我发表了题为《海峡两岸新闻交流与展望》的演讲。开幕式结束后，分两个专题进行。上午的研讨会由成嘉玲董事长和我分别主持第一、第二专题。论文的质量参差不齐，讲评人的讲评实事求是，直言不讳。我对高质量的论文，给予高度的评价，但是也有个别观点、语言晦涩的论文，讲评人马教授毫不客气地指出问题所在。下午，研讨会分组讨论。整个研讨会气氛活跃，达到了交流的目的。

研讨会顺利结束后，好客的校领导带我参观艺术大学校园。校园一派中国古典园林景象，雕梁画栋，小桥流水，古色古香。校长告诉我，石桥还是从浙江购买来的。

当晚，台南艺术大学教务长主持晚宴欢迎访问团，教务长特别说明，他是受校长的委托来主持的，因为校长在立法机关接受质询，还没有结束，所以不能赶回来。晚宴气氛活跃，两岸同行相谈甚欢，为一天的研讨会成功举办频频举杯，完全没有受上午研讨会的小插曲影响。

台湾新闻界朋友的嘱咐

晚宴结束后，早已来酒店等候多时的台湾新闻界朋友立即聚集到我的房间。《中国时报》总编辑黄肇松、副总编辑兼大陆新闻中心主任俞雨霖忧心忡忡地谈及《中国时报》陷入经济困境，一年亏损达10亿新台币，已经难以为继，准备出手。香港的《苹果日报》正在进行收购《中国时报》的工作。他们告诉我《中华日报》社长胡鸿仁正在接待大陆广电访问团，他明天再来看我。

新闻界的朋友们仍然对我是否来为下个月来台访问的海协会陈云林会长"打前站"的传闻感兴趣。他们还给我带来报道我"打前站"的报纸，希望我证实。虽经我一再解释，他们仍半信半疑。热情的新闻界朋友谈兴甚浓，但为了赶回台北的最后一班捷运，只能恋恋不舍地离开去车站赶车。

临走时，他们千嘱咐、万叮咛我注意安全。因为台南是"台独"势力的老窝，今天的"抗议"背后，背景不简单、不单纯，不排除明天还有针对我的行动。因为，陈水扁的贪腐已经暴露，很可能受到法律的制裁，民进党为了摆脱困境，不排除采取制造恶性事件转移焦点。

更有了解内情的新闻界朋友透露，我已经被他们作为制造事端的最佳目标。因为我担任国台办发言人，在台湾可谓家喻户晓，选择一个知名度高的人制造事端，影响大，效果好。这个判断已有先兆。深陷贪腐舆论旋涡的陈水扁已经放风："张铭清当国台办发言人，对民进党刻骨仇恨，凶巴巴的像解放军。他胆敢到我的老家开会，就是对我、对民进党的挑衅，要给他一点颜色看看。"民进党的头面人物苏贞昌更是放言："张铭清哪里是什么来开研讨会的学者，他分明是打着教授的旗号来台湾搞'统战'的。"

我十分感谢台湾新闻界朋友的关心，请他们放心，我会注意安全的。再说，当地警方已经部署了警力，相信他们也能保证我的安全。

气氛紧张

新闻界的朋友前脚走，负责与我联系的魏老师就迫不及待地进来，神色紧张地说，台南的抗议者正在组织对我不利的行动。台南市议员王定宇在地下电台，一天来反复号召对我如影随形地跟踪抗议。他们还准备了抗议布条、标语。预计 22 日 9 时到研讨会原计划活动的台南市中华东路三段 332 号台南市文化中心抗议。

会议组织者为了我的安全，把我与第二天的参访的大部队分开，让大部队先走，我单独安排，轻装简从，机动灵活。他们已经为我安排了台南市长许添财的专车，市文化处找了资深导游江文章先生陪同参观，台南警察局安排了四位随身保镖，另外布置了外围警力，为了不引起抗议者的注意，不用警车，警察用民用车辆。我表示完全服从他们的安排，请魏老师转达我的谢意！

为了避免发生意外，警察的警戒工作已经在进行。从我住的房间门口、我所在楼层的走廊、电梯上下出入口，酒店大堂和外围的路段，都有身穿警服和便衣的警员巡逻。

真有点山雨欲来风满楼的紧张气氛！

打开电视，我成了当天新闻的主角。从出机场的围追堵截，到"度小月"被抗议者包围，从台南艺术大学的校门警察用盾牌推挡抗议者的现场到研讨会上冲击讲台的小插曲和我的开场白……整个过程现场直播，无一遗漏。

第二天的《联合报》报道称，因为此次抗议者聚集台南艺术大学，没有向相关部门申请，属于非法集会。领头的王定宇等人举着"中国滚蛋"等辱骂内容的牌子冲击会场时，被警察阻拦，台南麻豆乡警察局长张荣兴数度举牌警告他"行为违法"，但他们仍然纠缠了一个多小时才离去。

三、10 月 21 日，孔庙遇袭

参访遇干扰

早餐下楼，只见大堂聚集着数十个记者，高喊着向我提问。他们被警察隔离后，我才得以进餐厅用餐。从餐厅出来，我就被记者包围并推拥到电梯口。进入电梯后，记者仍挡在电梯门口不让电梯上行。其中离我最近的一位记者问我：马英九昨大说，他在位的四年里，两岸不会有战争，问我有什么看法？我回答说，我希望两岸永远和平不要有战争，但前提是台湾不搞"台独"。没有"台独"就没有战争。我这个回答是海峡两岸，乃至全世界都一清二楚的大陆方面的立场。

当我进入房间，打开电视的时候，刚才在电梯口讲的那段话正在播出，使人不得不佩服台湾媒体人的时效。同时，也有"台独"立场的电视台发表评论，认为我是"明目张胆"地向民进党挑衅的行为，真是欲加之罪何患无辞。当然，这种强加于人的"评论"，不排除是为他们的同伙加害于我制造舆论的险恶用心。

乘专用电梯直达地下车库后，我与魏老师坐上许市长的专车，导游江文章已在副驾驶座上。因为记者们在大堂盯着大队人马的大巴，完全没有料到我与大队人马不同的出发路线。我们的轿车从车库出发，避开记者和可能的抗议者，一路畅行无阻。

参访的第一站是"亿载金城"。时任清朝钦差大臣的沈葆桢题写的"万流砥柱"门匾苍劲有力。金城炮台和弹药库保存完好。江导游介绍，此城原在海边，后来由于河床淤积形成了港湾。"牡丹社"事件后才修筑此城做防御之用，实际上并没有使用。炮台上的大炮除了一尊是真的外，其余皆为仿制。

第二站到安平古堡。当我们进入展览室时，听到外面有人高声叫喊"中国人滚回去"。导游低声对我说，这个人是民进党议员李文正。他一边叫喊，一边向我靠近，被随行的警察阻挡，并把他架到外面。但是他边走边骂骂咧咧，还几次推搡警察要接近我，都被警察拉开。魏老师悄悄地对我说，我早上在电梯口那番"没有'台独'就没有战争"的话，被"绿色"电台、电视台播出后，你可能被"台独"分子认出来了。在台南是不能讲"台独"的。为了防止抗议者聚集干扰，魏老师提议赶快离开这里，到下一站鹿耳门大天后宫去。

鹿耳门大天后宫十分壮观，宫内雕梁画栋，石雕木刻十分精致。宫外的广场也很开阔。曾理事长亲自带我参观介绍，这里供奉的黑面妈祖是当年郑成功四百多年前从大陆请来的，非常珍贵。我还应邀燃香祈祷两岸和平，感谢主持的接待。

孔庙遇袭

以上行程由于受到干扰，行色匆匆。从大天后宫出来才10点多。路过台南孔庙时，导游介绍台南孔庙有"台湾首学"之称，时间尚早，可以进去看看。魏老师也说，我们的行程都是临时决定的，不会有人知道。再说，孔庙的对面就是市警察局，随身有特勤保护，安全应该没有问题，如果发现抗议的情况可以立即离开。

就在我们进入孔庙大殿几分钟后，魏老师对我说，情况不对，门口有一批人涌进来了，警察阻挡不住，我们得赶快走！

从大殿台阶下来，就见成群结队的人流涌入孔庙场地。随身的警察围住我，当我正往孔庙门口移动时，却被越来越多的人团团围住，移动不得。人群中有人呼喊"中国人滚回去""台湾是独立的""我们不要毒奶粉"口号。人越聚越多，我们几个人势单力薄，不但无法靠近大门，反而被人群往里面推挤，情况已经失控。随身的警察已经被人群挤到外面去了。为首的王定宇更是冲到我面前一边叫骂一边推搡，竟然把我推倒在地，我的眼镜被打飞。我倒地后，看不清周围，急着寻找眼镜，感到有人乘机踢打我。王定宇绕到我身后，双手插在我的腋下往后拖行。

警察看到情况危急，担心发生意外，奋力挤进人群，把我扶起来，在人群中左冲右推往大门口挤出去。面对越来越多的人群，我没有慌张失态，反而十分冷静，我边往外挤，脸上还挂着冷笑。我的冷静，激怒了围堵的人。有人指着我喊："Tmd，你还敢笑！"我反唇相讥道："请问，我要有什么表情你们才满意呢？"警察担心我的应对会激怒他们，低声对我说，"不要跟他们啰唆，咱们得赶快离开，不然人越来越多，我们出不去就更危险了"。

好不容易挤到孔庙大门口，发现停在门口的车已经被人群包围，警察好不容易分开人群，把我推进车里。但是，被人群团团围住的轿车根本无法动弹。更危险的是，在庙门口外的大路边，不知道什么时候，早已有一辆面包车把上路的路口堵住了。看来他们是要把我置于死地了。

这时，居然有个中年人从车前盖爬上车顶，双脚猛跺顶盖，好像非把车顶跺塌不可，还有一个中年妇人居然挥动拐杖猛砸车玻璃窗。这时，我倒不担心车顶上的人跺车，估计他的力度不可能把车顶跺出个洞来，倒是那个猛砸车玻璃窗的妇人。一旦她砸破玻璃窗，那些情绪失控的人就可能把我拖出去打成肉泥。

在这万分紧急的时刻，我不由得心里一阵悲凉，看来今天是出不去了，很可能在这些情绪失控的人的拳脚之下一命呜呼。我一条命倒是不值什么，但是果真如此，海峡对岸的同胞岂能善罢甘休？首先是陈云林会长下个月不可能成行了。因为我的一条命，可能使有希望解冻的两岸关系再次冰封……

想到这里，我倒是冷静下来了。我对开车的师傅说，看来我今天是出不去了，我死在这里不要紧，连累了你也要受伤害。你看，这辆车也受损了，没准都没法开了，真是对不起！不过，大陆有一句话，有百分之一的希望，也要努力变成百分之百的现实。你看看，咱们能不能从前面这辆面包车后面绕出去，上了大路，咱们就死里逃生了。现在，我的命就掌握在你的技术上了。司机看到我说到这个份儿上，也着急了，他先是瞅了瞅左前方的面包车后还有一点狭窄的路面，安慰我说，"应该能挤过去，我试试看，但没有把握"。我暗暗祷告，千万别翻车啊，翻了车，那我可是死定了。只见他小心翼翼，一点一点地往前蹭挪，虽然车被包围着，但是，人总不敢往车底下钻。小车颤颤巍巍一点一点地往前挤，我活的希望也一分一秒地增加……终于，车的大部分挤上了大路。我看到生的希望了。我不由自主地猛拍了他一下肩膀，忘情地说了一句："哥们，咱们活过来了……"

车一上路，一种死里逃生的解脱感油然而生，我顿感一身轻松。但是，危险并没有消除。我看见有几个骑着摩托车的人又把车围住了。更倒霉的是，刚到路口就遇上了红灯，车不得不停下来，眼看后面的人又叫喊着追上来，情况骤然危急，如果在路口再次被包围，可能更加危险了，因为这些情绪失控的人，已经失去理智，什么致命的手段都可能使出来。

就在千钧一发之际，救命的绿灯亮了。师傅一踩油门——终于死里逃生了。尽管车后还有追赶的人群和摩托车，但是他们终究跑不过汽车。

司机问我："咱们去哪里？"我担心住的酒店可能还有人找麻烦，就说："先不去酒店，可以在附近绕一圈。"

虎口脱险

上午在我离开饭店后，跟随大队人马的记者才发现我不在大巴车上，才知道跟踪对象跟丢了。就在他们寻找我的行踪的时候，我在孔庙遇袭的新闻已经播出了，记者们便一窝蜂地赶到了孔庙，对我遇袭的全过程进行了现场直播。刹那间，我在孔庙遇袭的新闻成为台湾所有媒体的头条，在第一时间传遍整个台湾岛。

因为工作需要，国台办开通了台湾电视频道，因此，几乎与台湾电视同步，国台办都在第一时间知道了我在台遇袭的消息。

在返回饭店的车上，我陆续接到国民党主席连战、副主席林丰正，亲民党主席宋楚瑜，新党主席郁慕明，海基会董事长江丙坤、副董事长高孔廉的电话。他们先是问我受伤的情况，我回答目前感觉只有些外伤，有没有内伤，还需要到医院做检查才知道。他们十分焦急地说，你马上到台北来，台北绝对安全，在台南随时都有危险。我感谢他们的关心，但是我不能去台北。因为我此行是以学者的身份来台南参加研讨会的，可是很多人认为我是为下个月来台的海协会陈会长"打前站"的，尽管我已经否认了，如果我这时去台北，是否"打前站"就更说不清楚了。连战主席还说"让你受委屈了，实在是对不起你！不过，这类事在台湾是家常便饭"。因为已经脱离了危险，我也轻松了许多，我说："连主席呀，你们这样的家常便饭我可是头一回领教，这种饭，我还是吃不消哇！"他们还是一再嘱咐我千万注意安全。对他们的关心，我一再表示感谢。

汽车在台南外围绕了一圈后，再到住的酒店绕了一圈，没有发现异常情况，我便让司机开回酒店地下车库。酒店经理早在电视上看到我遇袭的新闻，已在电梯口焦急地等候，见我无大碍大喜过望，赶紧把我送到房间，关切地说，为了避免麻烦，是否把午餐送到房间里来用？我这才发现已经 12 点多了，就同意在房间用餐。

四、问候、关切、慰问

来自北京的问候

回到饭店，随行的国台办干部小孙赶来对我说，国台办主任王毅打了好几次电话，询问我的情况，要与我通电话。我接过王主任的电话，一时五味杂陈，眼泪不禁夺眶而出。王主任问我受伤的情况，特别说看到电视里我被推倒时，头部磕在路边的石头牙子上，问我头部有没有受伤？台办干部在食堂吃午饭时都看到了台湾电视，对我的安危和身体十分关心，他代表全办同志向我表示慰问，并通过各种渠道与台湾有关方面取得联系，一定要千方百计保证我的绝对安全！他告诉我，中央领导同志已经知道了我遇袭的情况，并表示亲切慰问。接着，他很郑重地说，你如果身体无大碍，不影响活动，为了你的安全，请你马上回来！海协会已经与海基会联系了，安排最近的航班回北京。海基会方面已经在安排了。

我先是感谢王主任转达的中央领导同志的关心，请他向中央领导同志表示感谢，也感谢全办同志的关心！我请示王主任，因为访问团还有一天的日程，是否明天全部完成任务后再回北京。王主任一字一顿地又说了一遍："你马上回来。这不仅仅是我的意见。你一定明白。"我说："好的，我会尽快返京。"王主任还嘱咐我一定要在安全的情况下，到合适的医院做全面体检。为防止意外，在返京前一定不要再出门了。

这时，海基会秘书处长曾淳良已奉江丙坤董事长之命从台北来到我的房间，低声告知我，根据海协会的要求，已经安排了最近回北京的航班，明天上午8点起飞。我立即向王主任报告了明天一早回京的安排。

王主任还说："台湾媒体已经报道了你的夫人对你遇袭的谈话，讲得很好，很得体，我已经向她表示感谢，也告知她你平安的消息，请你放心。"我说："待会儿我会给她打电话报平安的，谢谢王主任！"

海协会会长陈云林、秘书长李亚飞先后来电话关心我身体情况，受伤的部位、严重的程度，并表示一直与海基会热线联系，对我的安全和返程做了周到的安排。

为了解除家人的担心，我立即接通了内人的电话，她焦急地抛出一连串的问题:"你现在在哪里?哪里受伤了?重不重?安全不安全?有没有人保护?什么时候回家……"我一一作了回答,告诉她仅仅一点外伤,无大碍,请放心!明天就回京了。她还再三嘱咐不要再出门了。她还不知道,台湾记者电话采访她的录音已经在台湾播出了。

台湾朋友的关切

午饭后,国民党主席吴伯雄的代表、国民党中常委谢龙介,台湾内政部门次长简太郎,台湾"警察总署副署长"谢秀能,台南警察局长陈富祥先后来酒店表示慰问。从我的房间为起点,数以百计慰问的花篮,摆满了走廊,其中有亲民党主席宋楚瑜、新党主席郁慕明等台湾政要所赠,朋友雷倩、张建农夫妇在门口的一个花篮的缎带上写着:"张会长,请你记住你在台湾有无数的朋友!"

是啊,这不到一天的时间,慰问电话不断,慰问人流不断,我深切地感受到台湾无数的朋友的深情厚谊!

台南警察局长陈富祥拉着我的手,十分抱歉地说,自己的保卫工作没有做好,让我受委屈了。他还真诚地说,你这次来台南不算,下次来,只要他还在这个岗位上,他 24 小时在我身边。也许他已经意识到自己的失职，将受到处分。果不其然，他的台南警察局长的职务当天下午就被撤了，过了一段时间才改任公路警察局副局长。

提告、体检

当天下午，台南法律部门的两位法官来访。他们首先对我遇袭表达慰问，询问了受伤的情况后说明来意：问我要不要对违法袭击我造成的身心损害的违法嫌疑人提出告诉？我明确回答："我理所当然要对违法嫌疑人提出告诉。"

于是，他们要求我把上午遇袭的情况如实地陈述一遍，他们都做了笔录和录音，并请我看了笔录后签上自己的名字。他们还说，本来按照法院规定，当事人要去法院按铃提告，鉴于我的情况比较特殊，到法院按铃提告多有不便，所以他们来上门办案。我再一次对他们的关照表示感谢。随后，他们提出为了办案取证需要，我必须提供医院开具的验伤证明，这样就需要到医院做全面体检。

为了安全起见，他们要与警方安排好，在保证安全的前提下到近处的新楼医院检查。

当晚9时，接到警方已安排妥当的通知，在警察的簇拥下来到新楼医院。医院做检查需要的医生在院长蔡江钦的带领下，早已准备就绪，我一进医院，从内科 X 光到外科皮肉流水线一般地做了全面体检，并开具了验伤证明，交付法务人员。蔡院长告诉我，经过认真检查，除了背部、臀部、股骨一侧有外部挫伤外，没有发现内伤。医生还开了外敷的药。我对医院的周到安排、医生们的辛苦和警方采取的安全措施，表达了深深的谢意。

盲人推拿师许源财

回到酒店，已经 10 点多了。刚进大堂，就看见白天跟我的导游江文章先生在等我，他的身边还有一位盲人。在他向我靠近时被警察挡住。我告诉警察，他是为我导游的江先生。我问江先生有什么事吗？他说，台南有一位盲人推拿师许源财得知我被袭击受了伤，主动找到他，要求为我做打通全身气节的推拿，不然气节没打通会落下气滞的痼疾。我感谢他的热心，同时也保持一定的警惕。

正在犹豫如何婉拒他的时候，《中华日报》社长胡鸿仁急匆匆地赶到。他说在接待大陆广电访问团后，得知我遇袭，便立即赶来。得知江导游带许推拿师来给我做推拿后，他先请他们到外间坐坐，然后把卧室的门掩上，靠近我的耳边说，对这个人是什么背景我们不了解，万一他是个"台独"分子，被派来加害于你的呢？在这种情况下，我们不能不防，为了安全起见，还是不要让他做为好。我听他说得有道理，为了安全，还是婉拒了这位推拿师的好意。但是转念一想，如果他是真心实意地来为我推拿治病，被我拒绝了，伤了他的一片好心，也不合适。

就在我们商量用什么理由婉拒他的时候，盲人许先生敲门进来了。他可能意识到我对他不放心，便开门见山地说：张先生，你是我非常崇拜的大陆官员，你的发布会我每一次都听，而且我非常赞同你的看法。我是在眷村里长大的大陆人的后代，我虽然生在台湾，但是对"台独"深恶痛绝，可以说，我是"深蓝"立场的。我看到你遇袭的电视，对那些"台独"分子的恶形恶状非常气愤，看到你受了伤，我才找到江先生带来给你推拿的。如果你不相信我，不要我做，我也理解，不过，我是来表达一个台湾同胞的心情的，你能领会我的心意，我也满足了。说着，他那干枯的双眼竟然流下了眼泪，并收拾工具准备离开。

他话说到这个份上，我还有什么理由拒绝他的好意呢？我赶紧上前握住他的手，感激之情油然而生："许先生，你误会了。

我感谢你，更相信你。就麻烦您开始吧！"他擦了擦眼泪，露出了欣慰的表情，立即摸索着跪在床上，开始为我推拿。他的手法是那样的娴熟、到位、卖力，不一会，汗水便滴滴答答地滴落在我的身上。

在他认真推拿的过程中，门外的警察不间断地进来用警惕的目光注视着他，胡鸿仁社长和江导游的目光始终没有离开我。

不知不觉，将近两个小时过去了，看着满头大汗的推拿师，不知道是他刚才的一席话使我内疚，还是他的妙手回春，我顿时从内心里涌出一阵轻松和感激之情……我紧紧握住他的手，一边为他擦拭淋漓的汗水，一边一叠声地道谢，还坚持把他送到门外。他说，如果有什么需要，随身给他打电话。

大概半个小时后，他又亲自送来了一些膏药，告诉我如何使用。对这位认真负责的推拿师，我真是五味杂陈，世上还是好人多啊！

再访大天后宫

傍晚，魏老师对我说，上午去过的大天后宫曾理事长得知我遇袭的消息后非常不安，几次询问我的情况，并一再请求按原定的安排到他们那里，按当地风俗吃一碗猪脚面线压惊。

但是，访问团为了我的安全，全体反对我再出门，并表示由他们向曾理事长说明情况，会得到他们的理解和谅解。我向魏老师表达了访问团同仁的担心，他非常为难，因为曾理事长和天后宫在得知我们有访问天后宫的计划后，早早做了精心准备，我如果不去，他们会非常失望。而且表示，在他们天后宫的妈祖面前，任何暴力行为，都会受到妈祖的惩罚，那些人没有这样的胆量在那里闹事。看到魏老师难过的表情，我也动了恻隐之心，便退了一步，请他们与警方商量能否成行。

经过曾理事长和警方商量，终于得到警方的理解和支持，他们立即布置了警力，加强了警戒，精心安排了来回的路线，可以确保安全。这样，我和访问团在大批警察的保护下，来到了天后宫。

从酒店大堂经过，面对一拥而上的大批记者，希望我说一句话，我只说了一句"希望暴力到我为止"。

去天后宫的一路戒备森严，开道的摩托车警察不许任何人靠近，天后宫也是早已严密警戒，周围已经清场，虽然远处有几个人叫喊，但立即被警察驱逐到外面，不听劝阻的被架离现场。

天后宫曾理事长首先向我表示感谢和慰问，同时强烈谴责暴力，他说妈祖会保佑好人，惩罚坏人的。他按闽南的习俗，给我端上压惊的猪脚面线，看着我吃下，他才满意地笑了。

按照天后宫的规矩，安排我上香的时候，我感谢妈祖保佑两岸同胞和平安康！

随我来台的国台办新闻局副局长杨毅与王毅主任保持着热线联系，随时报告我的行踪和情况，在得知我盛情难却、晚上应邀到大天后宫参加活动时，王毅主任一再告诫杨毅与警方联络，一定要确保我的安全，直到得到我平安回到酒店后，王毅主任才放心下来，并再三嘱咐一定要确保安全，不可掉以轻心。我对王主任和国台办同事们的关心爱护也感动不已，一再保证一定会安全返京，请他们放心。

五、提前离台

酒店挥泪

10月22日早餐时，刚要出门，在门外执勤的警察说，不要去餐厅用餐了，酒店已安排送餐。我向通宵值班的警察致谢。他们客气地说，这是应该的，对昨天发生的事非常惭愧。我连忙摆摆手说，这件事与你们没有关系，是个别人的行为。他们却说，事情发生在我们台南，我们有责任啊，我们的工作没有做好，我们要概括承受。我还是第一次听到"概括承受"的说法，此后回到大陆，见到很多台湾同胞谈及此事都以"概括承受"的说法致歉，才慢慢地习惯了。

在下楼的电梯里，酒店的郑总经理告诉我，刚才他接到台湾旅业公会副会长许淑玲的电话，让他无论如何要转告我，她在电视上看到我被袭击，为我受到的委屈道歉，对我在"5·12"汶川地震时协助2400多位台湾游客脱险表示万分感谢！

当年"5·12"汶川地震时，我受国台办、海协会指派带领救灾团队到汶川，协助台湾旅业公会，帮助在震区的2400多位台湾游客脱险。当我们把最后一批14位台湾彰化县游客送上返回台湾的飞机后，许淑玲副会长感激得热泪盈眶。她拉着我的手说："你们冒着生命的危险帮助我们2400多位台湾游客脱险，真是感激不尽。今后你们到台湾，我们会非常热情地接待你们。"没想到5个月后，我在台湾受到如此"接待"。昨晚，那些最后一批14位台湾彰化县游客郑茂盛在彰化看到电视上我被袭击的画面，就打电话到酒店慰问，让我赶快到彰化去，他们会热情接待我，彰化非常安全。我感谢他们的一片真情！

按警方原先的安排，是让我乘电梯直接进地下车库乘车去机场的。电梯下到地下车库时，海基会秘书处曾处长告诉我，几十家媒体上百位记者为了能见我一面，已经在大堂彻夜等候，是不是跟他们见个面，打个招呼？我是记者出身，对记者的心情和甘苦感同身受。我对警察们说，我是从大门住进酒店的，今天我要从大门离开，况且，我们上百位记者同行为见我一面，在大堂里彻夜等候，我就这样离开，对不起他们，我于心不忍。尽管警方不大同意我临时改变原定计划，但是见我态度坚决也只好同意。我从地下车库返回大堂。电梯门一开，大堂里的记者朋友激动地呼喊"院长好！""会长好！"

面对这么热情的同行，我百感交集，一时哽咽，不知从何说起。一开口，居然下意识地从刚才郑总经理转告我台湾旅业公会副会长许淑玲的电话说起："我刚才在电梯里，郑总经理转告我台湾旅业公会副会长许淑玲的电话。对我在'5·12'汶川地震时协助 2400 多位台湾游客脱险表示感谢！对她没有实现她在汶川地震灾区对我承诺，即我到台湾时会非常热情接待我致歉。我认为，许副会长的话是大多数台湾同胞的心里话。昨天对我施加暴力的少数人绝不代表广大台南民众，更不代表广大的台湾同胞。广大台湾同胞是热情好客、知书达理的。我希望暴力到我为止。少数人企图用暴力破坏两岸交流，伤害两岸同胞亲情的图谋是不会得逞的。按照我此次来台的计划，本来还有台南的文化中心和嘉义中正大学的两场研讨会，我很希望圆满完成这次交流任务才返回的。之所以提前离开，是因为受伤后行动不便，国台办、海协会的领导要求我立即返京做全面体检。同时，我看到几百位警察朋友日以继夜为了我的安全操劳，付出了太多太大的社会成本，我于心不忍。所以，被迫提前离开了。非常感谢媒体朋友对我的关心和如实报道，非常感谢警察朋友为了我的安全的付出！"

"在台南三天的时间，给我留下终生难忘的印象，这不是因为我受到暴力袭击，而是因为感受到台湾各界给我的温暖。"几分钟的即席讲话，我数度哽咽，但是字字句句都是发自肺腑的真情实感！

因为媒体现场直播，上车去机场的途中不断接到电话表示称赞和表达感动，其中不乏"政治家风度、修养"之类的溢美之词，说是"讲得太好了，我们都是边看边流泪"。一些政要的家人说着还数度哽咽。为我到机场送行的海基会董事长江丙坤一进机场贵宾室就给我鞠了一躬，我连忙上前把他扶住，连声说"不敢当"。他说："我这一躬是夫人委托我鞠的，我在从台北来机场的路上，接到内人的电话说：'你见了张会长一定要代表我向他鞠躬致意，他在离开酒店对记者讲的那一席话，讲得太好了，太感人了，我们家里人都是边看边流泪的。'"

高雄机场告别

一出酒店，警察就在我身边手拉手围成一道移动的人墙，把我簇拥进车里，车的前后各有警车保护，从门口到路上站满了警察。媒体记者，尤其是电视和电台记者也是团团围住，在警察外围构成了厚厚的人墙，有的记者为了抢镜头被挤倒在地，场面一片混乱。开道的警车鸣着警笛在前，警察的车队、媒体的车队紧紧相随，浩浩荡荡直奔机场。途中有几辆车被警车逼停在路边。

一到机场，早已守候着的记者蜂拥而上，场面比酒店门口更加混乱，被挤倒在地的记者因为摄像机被挤在人群中无法拍摄，一片叫喊声，有的记者被挤倒在地甚至头破血流。警察则毫不留情地推拥他们，排成人墙把我簇拥进贵宾室。

机场警察局长、华航总经理、高雄市旅游观光局林专员与机场接待处长在贵宾室门口迎候。他们向我表示亲切的慰问和表达歉意，异口同声地谴责少数人的暴力行为，表示这些少数败类绝不能代表绝大多数的台湾同胞。

不一会儿，海基会董事长江丙坤和国民党大陆委员会主任张荣恭等几位赶到。前面提到，江丙坤董事长一见面就鞠躬，先转达他的夫人的慰问和感动，接着代表国民党领导人、海基会和陆委会向我表示慰问和致歉，强烈谴责暴力行为。谈到我被袭击的原因时，他说，一是从时机和动机看，民进党败选后，陈水扁的贪腐丑闻被司法部门立案侦查，面临被起诉的法律困境。为了转移焦点，他们出此下策不惜制造流血事件。二是从选择对象看，他们必须寻找一个最有利于转移焦点的人来下手，才能引起轰动效应，以达到转移焦点的目的。因为我在担任国台办发言人以来，在台湾知名度最高，几乎是家喻户晓，是他们转移焦点的最佳人选。"此前来台湾的大陆官员还有比你层级更高的人，为什么没有被选为袭击对象呢？就是因为他们的知名度不如你高。"三是"你第一天的表现太好了。他们在研讨会一开始冲击会场后，不但没有达到制造事端的目的，反而弄巧成拙，被你抓住机会借题发挥，成了你的专场，全台湾的媒体都非常正面地做了报道，产生了非常好的效果"。这就更使他们恼羞成怒，认为没有达到转移焦点的目的，必须采取进一步升级的行动才能达到预期的效果，于是经过精心策划，周密安排，从而制造了孔庙袭击事件。

江董事长的分析有根有据，入情入理，令人信服。10时20分，华航总经理请我登机。飞机10时30分起飞。华航总经理告知，我的登机手续和登机线路已经全部安排妥当，现在可以登机了。我便与江董事长和张荣恭等人握别。

我进入机舱的A1就座后，先登机的旅客认出我，立即过来与我握手致歉，并表示大多数台湾同胞是欢迎大陆朋友的，对那些少数人的暴力行为不要在意。我理解他们的好意，向他们表示谢意，并且说，刚才离开酒店的时候，我已经明确表明，对我施加暴力的少数人绝不代表广大台南民众，更不代表广大的台湾同胞。广大台湾同胞是热情好客、知书达理的。我希望暴力到我为止。少数人企图用暴力破坏两岸交流、伤害两岸同胞亲情的图谋是不会得逞的。

香港机场转机

飞行一个小时后，华航班机到达香港启德机场。中央政府驻香港联络办公室台务部副部长杨亲华和罗华庆、甘军处长等进入机场接机。与他们一同来接机的还有华航驻香港办事机构的经理。他们告诉我，昨天已接到国台办的通知，为了避免在香港的行程节外生枝，北京有关部门已做了周密的安排，下午两点从香港飞北京的航班登机手续已经办好，我不用出机场，就在贵宾室用过午餐后休息。

登机后，在香港登机的旅客认出我来，不断地过来问候，更有台湾朋友鞠躬致歉。

六、回到北京

机场迎接

10 月 22 日下午 2 点从香港起飞的航班，4 点 30 分正点抵达北京首都国际机场。海协会副秘书长王小兵来到机舱门口，让我最后下机。因为央视记者要拍我出机舱的过程，国台办、海协会的领导要进机舱接我下机。

等其他旅客下机后，央视记者在舷梯下准备妥当，国台办的男女同事王江岩和孙升亮在我到机舱口时，给我献上两束鲜花，代表全办同志对我表示亲切慰问。接过他们送来的鲜花的一刹那，我眼眶湿润了。我一面道谢，一面强忍着在眼眶里打转的泪水，一种在外面受了委屈、回到家乡见到亲人的情感涌上心头。我捧着鲜花，缓缓地走下舷梯，与在舷梯下迎接我的海协会陈云林会长，孙亚夫副会长，新闻局长李维一、副局长杨毅一一握手拥抱，感谢他们这些日子的关心牵挂。此时，蓄满眼泪的眼眶再也控制不住，任凭泪水畅快地流淌……

在贵宾室，陈云林会长说，原定王毅主任也要来机场迎接我的，因为临时要参加一个重要会议，委托他代表来机场迎接我，并代表国台办、海协会和全办同志对我表示慰问。这两天不仅全办的同志牵挂着我，中央领导同志也十分关心我，还亲自指示、安排我的身体检查等等。

因为贵宾室场地所限，除了新华社、央视、央广几家中央新闻单位外，没有让境外媒体进来。我对在场的媒体简单介绍了遇袭后台湾有关方面的安排、广大台湾同胞的慰问、在汶川地震时我帮助转移的彰化乡亲的关切，使我感受到台湾同胞的亲情。

为了早点回家休息，我就不再见境外媒体了，由李维一与他们简单吹风。从贵宾室出来，我也向在外面守候的台湾记者挥手致意，抱拳示谢。

接受独家采访

7时许，当我手捧鲜花回到家的时候，已有厦门日报的记者年月在我家门口等候多时了。

一见到我，年月代表厦门日报总编辑李泉佃向我表示慰问。她原来到了机场，因为无法进入现场，所以就来我家等候。

因为我在2007年6月担任厦门大学新闻传播学院院长以后，与厦门的新闻界联系很多，尤其是在《厦门日报》有很多朋友。年月说，我在台南遇袭的情况，《厦门日报》上上下下都非常关注。总编辑李泉佃已经做了安排，争取第一家媒体报道我回来的新闻。因为我是从厦门出发的，他们原以为我会返回厦门，就做了在厦门采访我的安排，在得知我返京的消息后，便立即派年月赶来北京。因为在机场没有采访的机会，便立即赶到我家。年月机动灵活，捷足先登，才抢到了独家新闻。

因为此前的情况大家通过两岸的媒体都大体了解了，今天返京的新闻尚未报道。我简单谈了谈从高雄启程，陈云林会长一行的机场迎接的情况。我表示希望通过《厦门日报》向关心我的厦门人民表示诚挚的谢意！

看我不断地接听慰问电话，而且旅途劳顿，已现疲惫，年月便善解人意地结束了采访。她当天便写出了《京城探望张铭清》的报道，在第二天的《厦门日报》见报。

《京城探望张铭清》

2008 年 10 月 23 日，《厦门日报》刊载了特派记者年月发自北京的题为《京城探望张铭清》的通讯，并配发了照片。

通讯称"昨晚 7 时，记者与张铭清相遇于他家小区的门口。尽管怀抱鲜花，张铭清仍难掩一脸倦容，曾经健步如飞的他那刻步履迟缓，记者不禁百感交集，眼泪夺眶而出。张铭清露出一丝微笑，拍拍记者的肩膀说'不哭，到家了！'。

张太太已经等在家门口，她搂着丈夫深情地说'清，我可挂念你啊！'她又转过身来搂着记者，疼惜地说'孩子，你为什么要跑那么远来呢？'

不能不来，因为厦门人牵挂着张铭清；不能不来，因为《厦门日报》牵挂着张铭清！

张太太与记者聊起这两天的感受。事发后，她接到无数个电话，有相识的，也有许多是素昧平生的；除了大陆的，还有台港澳的。有位美国的老华侨打来越洋电话，说起张铭清被打的情节，心疼得泣不成声。

电话铃又响起来了。自事发到昨晚，张铭清家的电话铃声没有停过。这回打电话慰问的是国台办主任王毅。

王毅和张铭清在电话里说了很多,大意是中央领导很重视张铭清在台南的遭遇,非常关心他现在的身体状况。王毅转达了中央领导对张铭清的慰问。21日中午,王毅已打过电话,慰问过张太太。她说'那时,我很难受,一听到王主任的声音,就哭了'。

因为慰问电话接连不断,张铭清那碗小米粥吃了一个小时还没吃完,中间他还接待了《解放军报》副总编辑陶克的登门慰问。

夜深了,记者起身告辞。张铭清夫妇送记者到电梯口,一再叮嘱:'通过《厦门日报》感谢厦门人民!'"

记者堵门

家人告诉我,自从21日我遇袭事件发生后,我家所在的中直小区里台港澳等境外记者没有断过。他们白天夜晚堵在家门口走廊里,还有不少媒体的采访车在小区的大门外停留。家人一开门就有摄像机对着,灯光炫目,十分不适应。值班的人员驱赶了几次都不管用。后来,家人给新闻局长李维一打电话,让他想想办法。后来,李维一与新闻局的同事赶来劝离,他们才暂时离开。其实,他们并没有走远还在小区附近待着,生怕漏了新闻。

从回到北京后，要求采访的媒体和讲学的邀约便纷至沓来：中新社、海峡台、凤凰卫视"小莉看世界"、台湾东森电视台……一概以身体欠佳为由婉拒。

七、关怀、体检

中央领导同志的关怀

国台办王毅主任已来过几次电话，问我到家没有？让我到家就给他回电话。

王主任首先问候了我的身体状况，代表全办同志对我表示亲切慰问。接着他转达了胡锦涛总书记、贾庆林主席、戴秉国国务委员等中央领导同志的问候，传达了胡锦涛总书记的批示。

也许是到家后心情放松了，睡觉时才感到受伤部位疼痛不适。但是，被劝离的记者又返回来，门外声音不断。家人告诉他们，因为我受伤部位疼痛，正在休息，不可能出来会见记者，他们在门外动静会影响我休息睡眠。他们追问我何时能出门，什么时候去医院体检？家人告诉他们今天没有安排，什么时候出门要看我休息的情况，请他们配合，回去休息。但是，他们生怕漏了新闻，坚持在走廊里蹲守，我们也无可奈何。看到在走廊里蹲守的记者，家人也于心不忍，也给他们送水和食品充饥。

北大医院体检

10 月 23 日 10 时许，国台办秘书局郭建英打了电话说，北大医院已经安排就绪，一会儿，海协会副秘书长王小兵与何有船，国台办医务室医生沈大夫会陪同我去体检。

10 时半出门，仿佛有人一声令下，"埋伏"在附近的媒体车队呼啦啦地跟随我的坐车而来。他们的车队前后左右地把我的车夹在中间，直到北大医院的门口，记者们已经抢先一步严阵以待了。

还没等我下车，摄像机、话筒已经形成了包围圈。一连串的问题，连珠炮一般地向我发射："请问张会长，昨天晚上休息的怎么样？什么地方不适？""回到北京的感觉怎样？""有什么话要对台湾朋友说"……医院的领导和病人从来没有遇到过这样的阵仗，一时也慌了手脚，急忙请工作人员采取隔离措施。

对这些问题，我没有也不可能一一回答，我说，首先感谢各位关心我的朋友，包括台湾朋友，请媒体的朋友转达我的谢意！感谢昨晚在我家附近蹲守的媒体朋友！你们的敬业精神令人感动。但是，由于身体受伤部位疼痛，无法接受记者朋友的采访，表示歉意！至于体检的情况，一旦有了结果，国台办新闻局会及时向媒体朋友们通报。你们这几天也辛苦了，请你们回去休息。医院方面为了安排好我的体检，也不会同意我与媒体接触，请媒体朋友们理解、配合。

北大医院的院长、书记带我入住干部病房，医务处的医生、相关的科主任向我介绍了对我进行全面体检的安排。我不解地问，以前体检半天就够了，为什么安排5天？他们说，这是中央保健局根据中央领导同志的指示做的安排，请我按照这个安排做检查，每天的体检项目会有医生带我去做，下午先做常规检查，请我好好休息。我感谢医院的安排。

此后，每天都有医生带我做各个项目的检查。第二天一早，空腹抽了好几管血做血常规检查。抽完血，医院营养师来征求供餐要求，他说根据低盐、低油、营养的配餐原则，为我安排了三餐的配餐单，问我还有什么要求，我说，完全同意他们的安排。营养师每天三餐送餐。

上午，理疗师进行了三方面的治疗：中频放射、电疗和推拿。前面两项由中山医科大学康复专业毕业的黄大夫做，后一项由推拿师蓝大夫做。一次做20分钟。

10时许，正在做理疗时，国台办主任助理陈元丰、秘书局副局长何建华等同志受全办同志的委托，带花篮、水果篮来看望慰问，向医院了解我的检查情况。下午安排检查项目都做完了。结果是基本上是外伤，内伤比较轻微。我要求，既然检查项目大多数做完了，是否可以出院了？他们说，根据做全身检查的要求，还需要做心、肺、肝、肾、血管的 B 超、X 光检查，外部还要做五官、甲状腺、皮肤等等检查。

在住院检查的几天里，院长和书记每天都来问候，询问检查的情况。后来与他们熟了，就开玩笑地说，是不是每一颗牙齿，每一个器官，每一个细胞都要检查呢？

他们笑着解释，医院给我做体检，是中央保健局根据中央领导同志的指示交办的任务，是否完成了任务，要把我的检查结果上报保健局，得到认可，并向中央领导同志报告，得到批准才算完成了任务，没有得到中央领导同志批准，保健局通知，不能让我出院。所以，请我理解，配合医院完成任务。我才释然了。

10 月 26 日，住院检查的第四天，院长来告知我，我的检查结果已经报中央保健局，并给中央领导同志汇报了，经他们批准，我可以出院了。但是，出院后不能马上上班，还是要好好休息，适当做些理疗。我对他们的认真负责的安排和检查护理工作，表达了由衷的感谢！

台办领导嘱咐我不要急于出院，再做几天理疗，即便是可以出院了，也不要办出院手续，如果出现新的情况，马上可以再回来住院检查。我对办领导的关心和周到的考虑安排由衷的感激。

我要求晚上就出院，医院可不是个好待的地方。为了避免来住院时被记者围堵的情况重演，院方与国台办商定晚上出院。

出院休养

根据医院出院后还要好好休息的要求，国台办与中央和国家机关事务管理局安排我到香山附近的一个地方休息。根据医院的安排，我每天还要去医院做理疗一个多小时，五天一个疗程。为了避免探视的人多影响我休息，休息地点对外封锁消息，只有家人和国台办的经办人知道。

后来，我出院的消息传开，好几家军队、地方的疗养院都要求我去他们那里疗养，都说他们那里的疗养、治疗条件最好。一个要好的朋友来看望，非让我去他看好的一个地方，盛情难却，只好移到他安排的地方休息了两天。

八、各地的慰问

当天的慰问

在回到北京之后，慰问电、慰问信接连不断，每天从台办和厦大都转来一大叠：教育部、全国记协、台盟、台联、各新闻媒体、各高校新闻传播学院，台湾朋友、海外华人华侨……他们还把收集来的国内外媒体有关我的报道剪报赠给我。

几天来，家里电话不断。除了国台办同事、厦大领导和新闻学院师生、新闻界的朋友外，还有不认识的朋友打来电话慰问、问候的。因为电话太多，我不可能——接听，只接了《人民日报》总编辑吴恒权，《解放军报》副总编陶克的电话。

住在同一楼的邻居们也到家里来问候和慰问，《人民日报》评论部主任韩仲昆还以《慰问张铭清》为题赠诗一首："听说你在宝岛遭人暗算，大陆的十三亿人个个痛心。我这里以小诗代替鲜花，向你致以诚挚的慰问。台湾的同胞是咱的骨肉，也有个别是吃狼奶长大的，他们的血脉混进蛮夷的基因，难怪在同胞面前六亲不认。但你在委屈面前大义凛然，俨然持节坚守神圣的使命，两岸和谐路上曾走过多少义士，你是他们不屈的兄弟与儿孙。澎湖湾尚有外婆的衣襟，日月潭映着昆仑的雪影，谁想砍断这条根都是枉然，三代以上的老祖坟就是见证。"

各地的慰问

10 月 27 日，厦门台办吴主任联系，厦门市委常委、宣传部洪碧玲部长代表市委领导来北京探视我。结果，跟随了一大批厦门新闻界的朋友。洪部长转达了何立峰书记、刘赐贵市长的慰问，而且吩咐随同的厦门日报记者发消息，表达厦门市领导和人民对我的关心。来看望的同志们称，前几天看了台湾的电视播出的我被袭击的情形，对我的安全十分担心，现在安全返回，体检无大碍，才放下心来。希望我安心休息。等我回厦门后，再来看望。临走时，新闻界的朋友开玩笑说，我现在成了国际名人了，国外的主要媒体都报道了我被袭击的消息，美国之音、法新社都报道了，英国《泰晤士报》甚至夸张地用了《中国特使在台遇袭》的大标题。

下午，在京出席全国妇女 11 次代表大会的厦门大学党委副书记陈力文抽空代表厦大朱之文书记和朱崇实校长以及全校师生来探望慰问。她说，在得知我遇袭的消息后，校领导和全校师生都牵挂着我的安危，通过多方联系询问我的情况，知道我安全返京后才放心了。她说，我在台湾的表现不仅为大陆的官员争了光，也为厦大争了光。

11月1日，在京的老乡通过省、市、县的驻京办事处经过多次联系，安排餐聚。因为一些老乡在中央党校学习，就近安排。

有道是"美不美家乡水，亲不亲故乡人"。尽管我离开家乡已有50年之久，但一直与在京的、在山东的老乡保持联系。聚会的老乡们对我关心的亲情溢于言表，他们也转达了在山东省的老乡的问候与关切。

他们说，这几天，媒体上天天有我的新闻。我在台南遇袭的新闻几乎成了海内外媒体关注的焦点。"凤凰卫视"连续几天的头条都是关于我的。特别是遇袭的那两天，老乡们心都揪着，因为无法跟我联系，纷纷打电话询问情况，得知我安全返京了才放下心来。他们很关心我受伤的情况，几个地方都要求我安排到他们那里休养，保证做好一切接待事项。

我请他们转告家乡的父老乡亲：在中央领导同志的关怀下，经过五天的全面体检，我的身体除了外伤外，没有内伤，经过几天在医院有经验的大夫精心理疗，已经大为好转，请他们放心。至于休养，北京的有关方面已经安排妥当，感谢他们的盛情，他们的心意我已经领了，等过后再去家乡看望他们。

此后，不断有各方面领导、亲友通过不同方式来问候、慰问和关心，并表示欢迎我到他们那里休养，我都表示对他们的盛情和心意我都心领了。

给厦大学生们的复信

晚上，把收到的慰问电和慰问信，包括厦大新闻传播学院收到的慰问电和慰问信，和两岸以及海外媒体的对我相关报道的剪报做了分类整理，结果发现竟然有近千件之多。其中厦大学生的一本留言本，称我"爷爷"，说他们都是我的孩子，是我的粉丝，对我在台湾表现表示由衷的敬佩和支持。孩子们的话，言真意切，读来令人动容。家人们看了学生们的留言也深受感动。

于是，我当晚就给他们写了复信：

亲爱的小朋友们：

你们写给我的赠言，我一遍又一遍地捧读，一次又一次地被感动。合上赠言本，你们可爱的面庞仿佛一个又一个从字里行间浮现在眼前，耳边似乎萦绕着你们关切的问候。

自从 10 月 21 日我在台南遇袭后，来自海峡两岸和全世界华人华侨的慰问与支持的电函达数以千计。从胡锦涛总书记到素不相识的平民百姓，每一封电函都使我激动不已。而你们的赠言本则是作者年龄最小、情感流露最直接、语言最有特色、使我印象最深、"分量"最重的一本。堪称赠言的一朵奇葩。在我的精神财富中，增加了丰厚的一笔。

有句谚语说，"用钱能买到的东西都不能算贵"。精神财富就是用钱买不到的。有道是情意无价。你们赠言本所满载的沉甸甸的情意能用钱买到吗？

我在致我们学院毕业班的小朋友的信中，曾经说过，你们读了有字书，还要到社会上读无字书。其实，人的经历便是一本无字书。有位哲人说过，"人的书面知识不过是一本书的注释，人的经历才是书的正文"。见多才能识广，事非经过不知难。你们都知道"处变不惊"的成语，也听过"泰山崩于前而色不变，麋鹿兴于侧而目不瞬"，"骤然临之而不惊，无故加之而不怒"的修养，称赞过"宠辱不惊，看庭前花开花落，去留无意，望天上云卷云舒"的境界。但是，你们自己未必亲历过。我在此之前，也没有经历过如此阵势。从某种意义上说，也是一个千载难逢的经历（但愿你们不要有这种经历）。这一经历对我的修养和境界，无疑是一场突如其来的考验。考验是否及格？留待世人评说吧！

看到（通过电视画面）、听到我遇袭的消息，在第一时间如果无动于衷，恐怕难以称之为正常的人，如果不愤怒，就不是年轻人了。我理解你们的愤怒，但是，我希望你们不要愤怒的时间太长。我更希望知道你们对这一事件怎样思考？希望你们在愤怒过以后，应该冷静下来思考。"心之官则思"，只有勤于思考才能不断成长、提高、成熟。恩格斯说过"愤怒出诗人"的话，这是指诗的创作需要激情的形象描述。你们中可能出诗人，当然需要有激情。但是，激情与冷静是相辅相成的，一味的激情，恐怕也难以写出好诗来，因为"可能将诗美抹杀"这是鲁迅说的。

各位小朋友，在上级领导和各方面的关心下，经过北大医院医护人员的精心检查治疗，尚未发现我有内伤和骨折，肌肉的挫伤经过几天的理疗推拿已大大缓解，请你们放心，并请转告关心我的老师和同学们：谢谢大家！

估计在本月中旬，我们可以在学校见面。

紧紧地握你们的手！

你们的老朋友 张铭清

2008.11.4 于北京

彰化乡亲的"压惊"酥饼与来信

10月28日上午做完理疗回到台办，见到办公桌上有两个大箱子，原来是台湾彰化乡亲寄来的酥饼。

10月21日，我在台遇袭的第二天，就接到彰化的慰问电话，是在四川汶川"5·12"大地震中历尽劫难，安全返回台湾的彰化县饼店的老板郑茂盛打来的："副会长，你去了不对的所在啦！有闲再来台湾，我一定热情欢迎款待你！"

据10月23日的台湾《联合报》报道，他们在电视上看到我遇袭的新闻时，边看边议论："实在是没意思，真是失礼！来者是客，怎能动脚动手？还把人家推倒在地上，又往后拖拉……我们去大陆游玩好几次，大陆人都不曾抗议，也不曾无礼对待……"郑茂盛的太太说："张先生在机场给我们送行时，团员很感谢他的礼数，曾邀请他来台湾玩，没想到却看到他被台南人推倒在地上。"郑茂盛说："自古就有不杀来使的基本道理，看到他被推倒在地上，眼镜都掉了，实在是很难过，他一定受惊了，我才想送大喜饼给他。"

郑茂盛他们就是在当年"5·12"汶川地震时，我受国台办、海协会指派带领救灾团队到汶川，协助台湾旅业公会，帮助在震区的2874位台湾游客脱险中最后一批14位台湾彰化乡亲。因为地震造成道路中断，音讯不通，他们被困在震区映秀镇。为了寻找他们，我召集省、地、县三级台办的干部全力寻找。三天后，终于在映秀镇一个边远的村庄找到了他们。原来，在地震发生后，道路塌陷中断，走投无路的他们，被附近农民接到自己家中安置，使他们度过了难忘的三天。找到他们后，台办的同志们千方百计把他们送到成都。因为，当天由台湾海基会秘书长陈长文带队的地震医疗队专机到达成都，我在得知这个消息后，经与相关部门反复协调，使他们这14人可以搭返程台湾的飞机回台湾。

在我送他们登机后，我还到机舱给他们赠送了礼品，其中的蜀锦上还有"灾害无情人有情，两岸同胞骨肉亲"的字样。他们拉着我的手说，"你们冒着生命的危险帮助我们台湾游客脱险，又千方百计安排我们搭上了返回台湾的专机，真是感激不尽。今后你们到台湾，我们会非常热情地接待你们"。没想到五个月后，我在台湾受到如此"接待"。在看到电视播出我被袭击的新闻时，他们让我赶快到彰化去，他们会热情接待我，彰化非常安全。为了给我压惊，他们已经按当地风俗，给我准备了10盒台湾传统的大喜酥饼，要给我送来"压惊"。我谢谢他们的好意与盛情，告诉他们，"警方已经加强了安保措施，我非常安全，酥饼千万不要送来，你们的心意我已经完全领了"。想不到过后，他们还是把酥饼寄到北京来了。

打开箱子，看到上面有两封信，分别是彰化县长卓伯源和彰化溪州乡成功村郑茂盛写的。

卓伯源信中说：

这次您获邀参加台南艺术大学举办"两岸传播暨影像艺术学术研讨会"，对于您在学术上的贡献，伯源殊深感佩。

今年五月，四川省发生强震，本县溪州乡民在您多方奔走与鼎力协助下，能安然返台与亲人团聚，乡民们无不感念在心，更时时将这份情谊铭记在心，不敢或忘。对于您这次参访遇袭事件，伯源至感遗憾之外并谴责此暴力行为，曾受您帮助之乡民为表达对您的支持与友谊，特别自行制作酥饼慰问，期盼不因此单一事件而减损彼此情谊。相信在双方共同努力下，定能达成照顾两岸民众的共同福祉。

弟　伯源

2008 年 10 月 24 日

郑茂盛写的信中说：

今年五月十二日四川汶川大地震时，彰化溪州乡成功村村民参加祥鹤旅行团，被困汶川，承蒙海协会张副会长之协助，得以脱困，安全回台。您近日来台反受委屈，我们深感不舍与遗憾，团员们谨致上深深的感谢，并附上村中特产奶油酥饼，请笑纳。

成功村祥鹤旅行团团员郑茂盛等 14 人敬上

2008 年 10 月 22 日

还有彰化乡亲对我在"5·12"汶川地震时对他们的救助再次表示感谢。对我在台湾受到暴力表示慰问，并强烈谴责少数人的暴力行为。他表示相信这也是绝大多数台湾人民的态度。

他真心欢迎我到彰化、到台湾参访，绝对保证安全。

复函彰化乡亲

当天，我便给他复信：

郑茂盛先生、彰化乡亲并卓县长伯源大鉴：

来信并寄赠的酥饼都收到了。我在医院检查治疗期间，捧读来信，品尝酥饼，不禁百感交集，心潮翻滚。

五月汶川大地震，我有幸为诸位服务，送你们脱离灾区，安全返台。当时惜别之情景历历在目，我们也因此结缘。危难之际更现亲情。我不过在救灾中尽了一点绵薄之力，却承你们感恩不忘，实在愧不敢当。此次我在台南遇袭，又承你们关心问候，并特制酥饼寄赠。一纸信函，一块酥饼，满载着台湾乡亲的深情厚谊和真诚、友善、热情、好客的同胞之情。

此次赴台进行学术交流，是我第三次赴台，距上次赴台已有 10 年之久。本希望能通过此次交流活动结识新交、探访旧友，不料遭到极少数人蓄意暴力攻击，使我身心健康受到伤害，正常的学术交流活动亦被迫中断。在遭受暴力攻击之后，我多次明确表示，极少数人这种野蛮行为，决不能代表广大热情好客的台湾同胞。这也与我在离开台湾时所表达的看法是一致的。我肯定会在适当的时候再去台湾参访。（此后，我的确又去了三次台湾）也欢迎彰化的乡亲来大陆多走走多看看。

中国是礼仪之邦，中国人热爱和平、热情好客。自我遇袭至今，来自海峡两岸和海外的慰问函电达上千份之多。两岸和海外舆论一致强烈谴责这种野蛮暴行，使我在治疗期间感受到亲人般的温暖。我相信是非自有公论，公道自在人心，肇事者为了一己之私，不惜采取暴力行为，已为千夫所指。他们企图以此等手段，阻挠两岸交流，破坏两岸关系，影响两岸和平发展大局，是不得人心的，也是不能得逞的。

我目前正在接受检查和治疗，在多方关照下，身体日见好转，请勿惦念，并请向关心我的乡亲们转达我的诚挚的谢意！

顺颂 时祺！

张铭清

2008 年 10 月 30 日

给卓伯源县长的复信，经领导审看后签发后寄出。同时发给人民日报海外版、央视"海峡两岸"栏目、中新社、台湾网发表。

午餐时，我到食堂向同事们说明了这些酥饼的来历，请大家一起分享。正在用餐的同事们竟然全体起立热烈鼓掌，给我以战场上凯旋的英雄般的欢呼，令人动容。我频频向同志们抱拳致谢，再一次感谢大家的关心和爱护。品尝着酥饼的同事们说，这些酥饼是两岸同胞血浓于水的见证，骨肉同胞砸断骨头连着筋啊！

他们告诉我，10月21日那天午餐时看到我遇袭的台湾电视，大家群情激愤，饭都吃不下去了。

国台办和海协会领导没有吃饭就紧急开会，商量应对办法，立即给中央以"特急件"报告情况和处理办法。

慰问、关切、评价

10月27日到台办，台办、海协会的领导和同志们纷纷前来慰问、问候，关切受伤及体检结果。我一一作了回答，感谢领导和同志们这些天来的牵挂和关心。

领导们高度评价我在台无法与台办联系的危急时刻，临危不惧，处变不惊，孤军奋战，发言举止处置得当，表现了大陆官员很高的素质、修养，展现了共产党干部的形象，赢得了舆论，掌握了主动。中央领导同志在看了相关报道和信息也给予高度评价。

2010 年 5 月至 10 月，第 41 届"世博会"在上海举办。在 4 月 30 日举办的欢迎宴会上，大家纷纷向全国政协主席贾庆林敬酒。当我站起来准备向他敬酒时，他快步走过来，边走边说"铭清你别过来"，我说"难道我没有向贾主席敬酒的资格吗？"他走到我身边，一只手摁着我的肩头要我坐下说："我应当给你敬酒，那一天你在台南被袭击，我和胡总书记都看了电视。我们担心你被激怒，采取过当的言行，那你的安全就危险了。看到你处变不惊，落落大方，应对得体，言行得当，化险为夷，我和总书记都很高兴。所以，今天我要给你敬酒，以表达我们对你的表现的敬佩。"我赶忙说"不敢当，不敢当"，但是盛情难却，不善饮的我只能一饮而尽。

2010 年 10 月 25 日，是海协会首任会长汪道涵逝世五周年的纪念日。海协会现任领导前往上海，举办纪念活动。24 日晚，上海市委在衡山宾馆设宴款待海协会领导。席间，他们来到我身边，称赞我在台南的遇袭中的表现。我忙不迭地摆摆手，连声说："过誉了，过誉了，担待不起。"接着，在场的嘉宾也一拥而上，频频敬酒，我只得以水代酒应付了。

台湾的朋友转告：佛光山开山长老星云大师看了我在台湾

的电视播出内容后说，张铭清的影响在 20 多年里，会发挥越来越大的作用！眼见为实，他一个人的表现，比多少宣传的力量大得多。我不知道这位大师这句话的依据何在，他老人家太过奖了。

台办、海协会的领导认为，虽然我此行没有像台湾媒体揣测的那样，是为了给下个月访台的陈云林会长"打前站"，但是歪打正着，客观上起到了为陈会长"扫雷"的作用。根据胡锦涛总书记对台办上报的文件上关于"要进一步强化和完善云林同志往访的安保措施，确保访问顺利、安全"的批示。加强了安全保卫措施，调整了原定的计划，取消了台湾南部的活动。

为陈会长送行餐会

10 月 31 日中午，国台办在台办安排工作午餐，由王毅主任主持。王主任说，今天的午餐要两层意思：一是为陈云林会长赴台送行，二是对铭清同志此次访台遇袭表示亲切的慰问。这一次铭清副会长在台湾的表现，得到台办内外的交口称赞，胡锦涛总书记、贾庆林主席多次给予慰问、肯定和表扬。本来，铭清同志担任国台办发言人以来已经有很高的知名度了，现在达到国际级的超级知名度了。

我赶忙站起来，首先对中央领导同志的肯定和王主任等台办、海协会的领导的关心爱护深表谢意！然后表示，今天的主题应该是为陈云林会长带领的海协会赴台参访团送行，我建议咱们首先祝他们访台顺利！

但是，整个用餐时间，还是把我做主题，对我称赞有加。中国船舶工业集团总经理陈小津是此次赴台海协团的成员，福建上杭人，此前因"半个老乡"和对台工作的原因，多有交往，比较熟悉。他大声说，铭清这次在台湾的表现是给大陆官员，给共产党干部加分的，表现了大政治家的风度。我认为，虽然他是以厦大新闻传播学院院长的身份去台湾的，但那是虚的，是为他量身定做的名义，实际上就是为我们陈会长带的我们这个团去扫雷的，顺带着，一不小心为大陆露脸了。

我连忙站起来，让他坐下说，陈总你喝多了，怎么和台湾媒体唱一个调子呢？我指着孙亚夫（他是厦大毕业生）说，你问问亚夫，我是去年4月，受厦门大学校长朱崇实聘请担任新闻传播学院实实在在的院长的。这个学院有1200多位学生，500多位博士、硕士研究生，本人带着8个博士生，承担国家哲学社会科学重大课题，这怎么说是虚的呢？来来来，亚夫你来作证。孙亚夫连连点头说，老张说的都是实话，我们台办说他到厦大是找到了"第二春"了呢。

整个餐会气氛轻松活跃，当然，我们没忘记请海协团的诸位注意安全的嘱咐，毕竟有我的前车之鉴，不怕一万，就怕万一啊。后来，陈会长一行也遇到一些意外，在晶华饭店宴会后，居然被围困了六个小时不能出来。央视记者柴璐被追打。不过，有了我的前车之鉴，他们都有了思想准备和防范预案，没有受到伤害和袭击。

九、慰问信函

台湾当局原政战部主任许历农上将来函

铭清教授道席：弟在武汉探亲时获悉文斾应邀在台参加学术研讨会，于台南受不虞之危暴力相加，心身俱创，至表关切。周前返台拟亲往慰问，惟文斾已先一日遄返北京矣，未能相觑，以慰悬悬，至感遗憾。尚请谅察素念。吾兄学养深邃，笃爱和平，所到之处，莫不受群众衷心敬佩与欢迎。此行受到"台独"分子蓄意伤害，闻者无不感叹。务请好好休养，加意珍摄。湍此致慰，并颂痊安！

许历农 11 月 4 日

台湾"华侨救国联合总会"会长、国民党中央原发言人简汉生函

电视上看到吾兄在台南孔庙遭民进党暴徒攻击，实感万分震惊及愤怒。此一暴行除充分突显该党之流氓特质外，实对台湾

同胞是莫大的侮辱。吾兄临行前所发表之谈话，令人感到无比敬佩。吾兄牺牲小我，忍辱负重，谈话中将暴徒与台南乡亲及台湾同胞做了明确切割，顾全大局之睿智令人动容。小撮暴徒之行径绝不能代表广大台湾同胞及海外侨胞对吾兄到访的欢迎，两岸和平发展的势头也不是民进党及"台独"分子所可阻挡。

　　谨代表台湾侨联总会向吾兄致上最崇高的敬意及最诚挚的慰问之忱，并请转告陈云林会长，我们热忱欢迎陈会长的到访，相信台湾官方也必会对陈会长的安全做出妥善安排。让我们共同努力促进两岸和平发展，不要中了宵小的奸计，而推迟了两岸发展的进程。敬祝安康！

　　　　　　　　　　　　弟简汉生敬上 2008 年 10 月 25 日

《联合早报》副总编吴元华函

　　当天在电视荧光屏上目睹台南那些目无法纪的暴民无缘无故地袭击您，我感到万分震惊。在那声称"法治"的地方，所谓"民意代表"公然率众围攻大陆来访的一位知名学人，简直不可思议，难以置信。我所认识的所有文教界朋友们都有同样的感触，我所读过的各国主流媒体也表达了相同的看法。台湾"民主"已经彻底蒙羞。

从事件发生到您离开台湾、回到北京，您顾全大局的言论、宽宏的胸怀和彬彬君子的高尚风度都令人折服、激赏。您不愧是国家的卓越干部，难得的人才。

我特此向您表达敬意和慰问，同时祝愿您早日康复！

吴元华 2008 年 10 月 26 日

王星卯、李美龄夫妇函

我们夫妻为您在台南之行被惊吓的遭遇深感致意！请相信台湾人绝大部分都是非常有礼教和爱好和平的弟兄姐妹，只能说权力使人腐化并愚弄部分草根、爱台湾的善良百姓。感恩张老师您的善解、包容、体谅和您的智慧，令我们感动，且您又忍着疼痛和惊吓的伤害，低调回北京，更让我们夫妻不忍和感恩。千言万语请保重，并深深地祝福！

王星卯、李美龄 2008 年 10 月 31 日

马来西亚长青集团总裁张晓卿函

惊悉您在台南被民进党激进狂热分子围拢攻击，你的安危令我忧心，你的无恙又令我松了一口气。

野蛮的行径的是民主政治的最大讽刺。政治的狂躁与极端，

如果以伤人为目的，以撕裂民族的和睦为诉求，终必失败，为众人所唾弃。

两岸关系的冰融与和谐是海峡两岸同胞和全球华人共同的盼望和祝福。北京奥运、百年圆梦，是挥别历史积弱的最新标记。殷殷祝祷，深深垂念；奔赴和谐，共创双赢！

张晓卿 2008 年 10 月 28 日

菲律宾侨领李荣郁函

本年 10 月 21 日，惊悉钧座在台湾参观孔庙时，竟遭民进党台南市议员王定宇率众围堵并推倒在地。我们深感震惊，并向钧座遭此意外致以亲切问候！

多年来，钧座为两岸关系的健康发展，促进中国和平统一大业的早日实现尽心尽力，誉满海内外。我们海外华人对于"台独"分子的野蛮暴力行为表示强烈愤慨和严厉谴责，并将一如既往支持菲律宾政府的一个中国政策，继续为中国和平统一作出更大的贡献！

随函呈送本人在菲律宾各华报刊登《严厉谴责"台独"分子野蛮暴力行径》，供参阅。

李荣郁 2008 年 10 月 27 日

桃园大成小学二年级学生李胤江小朋友的信

我在电视上看见您老人家，被坏人推倒在地上，我心里很难过，我又没有办法和他们斗。我只想祈求上天保佑您老人家身体健康，希望您老人家身体赶快好起来。

等我长大后，您再来台湾，我会好好的保护您。

祝长辈健康快乐，笑口常开。

晚辈李胤江敬上 2008 年 11 月 8 日

等暑假时，我去探望您可以吗？

台南勤益会计郑学和函

您此行在台南不幸碰到了一批政治狂热之暴徒。为何会发生此次不愉快的事：市长许添财（民进党"台独联盟"）吩咐游览员江文章系市府观光处解说员（依内部指示随时通报行踪）。打你的王定宇利用地下电台呼唤一些流氓及暴动分子集合，煽动一些不法分子对你伤害共有 7 人。目前，台南地检署侦办中。因为明年台南要选举市长、市议员，所以作秀。一般 85% 以上市民皆很善良，如果你们整队随行，民进党比较不敢乱来，而你们只有两三人，无形中被欺负。对于此段不愉快之事，台湾当局会严惩。改日组团来 10 人一起行动，我拨空带你们去品尝美食及实地照相，走访风景区……有机会"三通"后再来一次，保证无事。下次来台南时请先联络（附名片一张）。我再次以台南人身份向你道歉。祝平安！

郑学和（台南勤益事务所）

自称在台北 101 大楼上班的一位简单的上班族连惠萱；自称有 89 岁祖母的台湾男女青年写信慰问并附上自己创作的题为"和平协商 共创双赢"的歌曲；法名"凡愚 . 芥子"的出家人以佛家的语言写的"贤善大德平安"。99 岁的"世界僧王"悟明长老为我隆重举行"消灾祈福法会"。郭万里先生寄来对联"圣人心日月，仁者寿山河"……

从海内外和海峡两岸寄来的慰问信函达 600 多件，有世界华人同源总会、台湾海峡两岸和平统一促进会、台湾人民推动中国和平统一促进会、台海两岸和平发展研究会、中华爱国同心会，还有台湾世新大学董事长成嘉玲教授、漳浦旅台同胞亲属联谊会、深圳台商协会……

无法一一摘登了。当然，还有几封来自台湾支持暴力袭击，对我进行人身攻击和谩骂的信函。这也不足为怪了。

十、各方反应

海基会、陆委会声明

"10·21 遇袭事件"发生后，台湾海基会、陆委会分别发表声明。海基的声明是：

1. 海协会副会长张铭清先生，本次以厦门大学新闻传播学院院长的身份，以正常程序申请来台湾进行学术访问，却在参访台南孔庙过程中，遭到民众的暴力攻击，海基会表达强烈的遗憾和谴责。台湾是一个法治社会，我们对任何由正当程序申请来台湾参访、旅游的大陆人士，均应给予尊重与安全保障，这也是好客、善良的台湾人应有的待客之道。

2. 台湾是民主多元社会，各种意见都应该相互包容，但是在表达意见的过程中，绝对不能以暴力伤害他人，这是民主社会应有的基本规范，这种极端暴力的行为，是对台湾民主社会的严重伤害，会对两岸交流产生不利的影响。

3. 海基会与海协会是两岸的协商管道，我们对两岸交流与互访，一直保持正面鼓励的态度，新"政府"上任后两岸关系缓和，受到国际间高度评价。未来我们将在和平、理性、对等与尊严的基础上继续推动两岸交流、协商，不会因此受到影响，希望社会各界继续给我们协助与鼓励。

陆委会的声明称：强烈谴责暴力行为，台湾人需展现应有的待客之道，并将加强陈云林会长来台之安全维护。台湾人应致力于向国际社会展现台湾社会的多元民主，以及台湾人的民主素养和风度，绝对不应纵容任何暴力行径，唯有如此才能赢得多方的尊重。

海基会对海协会复函

海峡两岸关系协会：

贵会本年 10 月 21 日有关维护张铭清副会长人身安全事来函收悉。

本会已将贵会来函转知我方主管机关。有关张铭清副会长参访台南孔庙时，遭到民众的暴力行为，本会与我方主管机关咸表强烈之遗憾与谴责。我方主管机关已依法追究肇事者责任，并采取严密措施保护张铭清副会长往后在台行程的人身安全，不容许类似事件再度发生。

本会对两岸交流与互访，一向秉持正面鼓励之态度，未来本会仍将在和平、理性与尊严的基础上继续推动两岸交流、协商，仍盼贵我两会在已有的良好基础上，共同努力。

台湾当局痛斥暴力行为

台湾当局领导人马英九在得悉此事后，指示发言人王郁琦召开记者会，对张遭围攻一事表示遗憾，并谴责少数人暴力行为。称"应以和平、理性的方式对待远道而来的客人，展现台湾人民的民主风度，以暴力方式对待来访客人并非待客之道，也不符合台湾人的核心价值"，在未来陈云林会长访台时，一定会全力维护他的人身安全。

台湾行政部门负责人刘兆玄表示"相当震惊"，并公开谴责少数人的暴力行为。

陆委会发表声明，对少数人的暴力行为予以强烈谴责。指出，张铭清是以厦门大学新闻传播学院院长的身份应邀来台进行相关学术和参访活动的，台湾人民应有待客之道。台湾是自由民主的社会，应致力于向国际社会展现台湾社会的多元民主，以及台湾人民的民主素养和风度，绝对不应该纵容任何暴力行径。

海基会董事长江丙坤召开记者会，发表声明：

1. 海协会副会长张铭清先生，本次以厦门大学新闻传播学院院长的身份，以正常程序申请来台湾进行学术访问，却在采访台南孔庙过程中，遭到民众的暴力攻击，海基会表达强烈的遗憾与谴责。台湾是一个法治社会，我们对任何经由正当程序申请来台湾参访、旅游的大陆人士，均应给予尊重与安全保障，这也是好客、善良的台湾人应有的待客之道。

2. 台湾是民主多元社会，各种意见都应该相互包容，但是在表达意见的过程中，绝对不能以暴力伤害他人，这是民主社会应有的基本规范。这种极端暴力的行为，是对台湾民主社会的严重伤害，会对两岸交流产生不利的影响。

3. 海基会与海协会是两岸的协商管道，我们对两岸交流互访，一直保持正面鼓励的态度，新"政府"上任后两岸关系缓和，受到国际间高度评价。未来我们仍将在和平、理性、对等与尊严的基础上继续推动两岸交流、协商，不会因此受到影响，希望社会各界继续给予我们协助与鼓励。

海基会表示，张铭清遭围攻事件不会影响海协会会长陈云林的赴台行程。根据海基会副董事长兼秘书长高孔廉的指示，海基会已紧急派员前往台南探视慰问张铭清。

国民党反应

国民党主席吴伯雄做出三点裁示：1. 严厉谴责此暴力事件；2. 依法究办施暴者；3. 对张铭清离台前的安全，相关部门应做好妥善的安全维护工作，且对大陆海协会会长陈云林预定率团来访事宜，也将透过党政平台，呼吁行政部门，尤其是安全及警政单位应全力维护陈云林的安全。

国民党荣誉主席连战声明，台湾人民以热情好客著称，不容被民进党的暴力玷污。这起暴力事件执法单位要负起所有责任，并且立即追查暴力现行犯，尽快给来访的客人一个公道。

国民党文传会主任委员李建荣声明中，呼吁台湾社会各界共同谴责这种暴力行为。这绝不是台湾人的待客之道，也严重影响台湾人的形象。民进党这种极端、不理性的行为，并不能代表台湾社会的主流价值。真正的台湾人绝对不会如此不理性和极端。民进党主席蔡英文应为此一暴力行为公开向张铭清及台湾社会道歉。

国民党"立委"洪秀柱称，民进党的暴力行为丢尽了台湾的脸。

民进党反应

民进党主席蔡英文对暴力事件感到十分遗憾，表示将彻底追究相关人员的责任，要求民进党支持者不以暴力行为来表达抗议或诉求。要求所有民进党员在处理此类群众事件时，要特别注意基本规则。如果陈云林来台时会引发同样的事情或冲突，那么陈云林应认真考虑是否要来台。她企图借此事阻止陈云林会长访台的意图暴露无遗。

民进党当天也发表声明：

1.对于此次冲突事件，民进党认为，社会各界应该冷静以对。调查清楚、还原真相，才能避免对立升高。

2.民进党认为，张铭清先生出身国台办，对于台湾社会有一定的了解，也有义务避免容易产生冲突的状况。张铭清先生来台期间，公开说"没有'台独'就没有战争，这当然是挑衅威胁的言辞，台湾人民当然无法接受"。

3.对于张铭清先生访台期间的人身安全，马当局应该负起最大的责任，此次冲突发生时，张铭清先生并未有充分的保安措施，警政单位难辞其咎。

4.民进党反对肢体冲突，反对侵犯人身安全，民进党主张，人民有权以和平非暴力的方式，大声表达自己的政治主张，此原则也适用在陈云林来台的处理原则。

5. 民进党要呼吁国民党，不要见猎心喜，进行政治操作，或者借机抹黑民进党。

就连民进党籍的人士，也不认同暴力袭击的做法。高雄市长陈菊表示，任何形式的暴力都应受到谴责。蔡煌瑯说，脱序行为影响社会观感，同志及支持者应冷静。

民进党"立委"叶宜津还称，"张铭清不是客人，没有任何一个人会对敌人客气的"。媒体揭露，她的丈夫就在大陆某著名高校读书，问她该作何解释？媒体说，中国有句古话"两国交兵，不斩来使"，何况两岸不是"两国"，张铭清是来访的学者，为何称他为敌人？

对于她的"敌人说"，台湾行政部门负责人刘兆玄表示，张铭清是台南大学邀请的客人，不是敌人，相信只有极少数人会赞同这样的待客之道。文化大学教授杨泰顺认为"民进党这个党已经完蛋了"。

被台南检方认定"利用广播电台公然号召群众，带头以肢体推挤、动手推倒张铭清受伤"的王定宇一口否认他率众抗议引发冲突的违法行为，叫嚷"所有的抗议都是民众自发性的行为"。在被媒体问到我被推倒的原因时，居然诬蔑我是自己跌倒，是被树根绊倒（媒体揭露我被推倒的地方根本没有树根），应由自己负责。

十一、台湾舆论

台湾主流时政论坛的网民纷纷谴责民进党的暴力行为。声称这件事再次证明民进党是暴力党，一天到晚只会用"爱台湾"的名义唱衰台湾，用暴力手段祸害台湾。连绿营的网友也批评绿营民代玩过了头，制造这次事件，反而损害民进党形象。

10 月 22 日，台湾"中央社"发稿 60 多篇，所有媒体都以头条新闻，特大号字体报道我的遇袭事件。多家报纸辟"粗暴袭击张铭清"几个专版报道。

《中国时报》

发表了题为《台湾自豪的不是拳头而是民主风度》的社论，批评民进党的野蛮行为，担心两岸关系会被民进党的暴力事件搅局，并用了 4 个版的篇幅以 16 篇新闻报道呈现：

1. 我的谈话，谴责暴力，希望暴力到我为止。这是台湾一小撮人的暴力行为，不代表台湾人民。他们的目的是要破坏两岸关系，阻碍两岸关系和平发展。

2.台南市长许添财谈台南市警察局长撤换有待商榷。

3.台湾"警政署副署长"尹永仁谈警力部署有瑕疵，现场警员处置大意，将追究责任，即日起派随员贴身保护。

4.台南市警察局长陈富祥谈警力部署有瑕疵，将追究责任，一旦再有发生暴力事件，将立即逮捕现行犯。张铭清突然变更行程，警力部署不及时，随行警员没有及时反应才发生事件。

5.台湾当局谴责暴力，不影响陈云林访台。

6.国台办强烈谴责野蛮暴力行为，台湾当局应该严惩肇事者。

7.台湾行政部门负责人刘兆玄谈，暴力事件对台湾有很大伤害，感到痛心，严正谴责暴力。陈云林来台要加强安保措施。

8.海基会董事长江丙坤说，台湾发生这种暴力事件让台湾的民主和法制蒙羞。转述陈云林感谢台湾各界重视张铭清案件。

9.国民党主席吴伯雄谈话，台湾人的敦厚、朴实、热情不能让一个没有水准的议员误导。

10.国民党荣誉主席连战谈话，台湾当局没有保护好客人，难辞其咎。

11.陆委会主委赖幸媛：有民主素养的台湾人，不应该以暴力待客。

12.民进党主席蔡英文：对事件表示遗憾，但是不会影响"10·25"大游行。呼吁社会理性看待此事。

13.民进党"立委"叶宜津：大陆把"毒奶粉"卖到台湾，是敌人，对敌人不用客气。

14."10·21事件"的首恶王定宇：张铭清自己摔倒，陈云林来台还会再抗议。

《联合报》

发表了社论、评论，批评民进党以政党利益牺牲台湾利益，让台湾民主蒙羞，希望事件不影响陈云林访台，并用了4个版的篇幅以30多篇新闻报道呈现：

1.社论称，张铭清此行身份是厦门大学新闻传播学院院长，没有政治任务，民进党制造的袭击事件是违反文明的野蛮行为。希望事件不影响海协会会长陈云林访台。

2.评论说，张铭清向台南警方报案，警方开始侦办案件。大陆把袭击事件定位为法律事件，顾全两岸关系大局。民进党为了选票无法无天、胡作非为，应该感到惭愧。

3.特稿："民主沦为暴力，政客利益和人民利益是两回事"。

4. 孔庙动粗 不知礼 无以立

5. 张铭清倒地 台湾形象也倒地

6. 踩地盘就打 嚣张行径如黑帮

7. 概述事件：民进党台南市议员王定宇通过电台召集群众围堵、袭击 21 日参观台南孔庙的张铭清。台湾当局立即撤换台南市警察局长陈富祥。张铭清改变行程提前离开台湾。台湾当局在第一时间表达遗憾并谴责暴力。

8. 张铭清谈话：谴责暴力事件策划者和实施者。已经对王定宇的伤害行为向台湾当局报案。施暴者不代表台湾人民，事件不可能破坏两岸关系，希望"暴力到我为止"。连战、吴伯雄等多人打电话慰问。可以理解台湾的反对意见，但是对对方动手出乎意料，感到遗憾。

9. 国民党荣誉主席连战：安保工作没有做好，治安部门应该尽快逮捕暴力犯。

10. 国民党主席吴伯雄：严厉谴责暴力，相关部门要做好张铭清离台前的安保工作。要求追究施暴者责任。

11. 新党主席郁慕明：张铭清以传播学者身份来台，参与学术交流，却被羞于斯文之地的孔庙。

12. 台湾内政部门负责人廖了以：个人对事件负全部责任，

将派更多人保护张铭清。

13. 台湾法律部门负责人王金平：呼吁民众相互尊重，才能营造两岸真正的和平。希望不影响陈江会。

14. 台湾行政部门负责人刘兆玄：谴责暴力，对事件感到愤怒，警方务必要有能力。陈云林赴台要加强安保工作。

15. 长荣集团董事长张荣发：暴力事件粗暴、蛮横。批评台湾当局没有做好保护工作。

16. 陆委会主委赖幸媛：公开道歉。法律不允许台湾任何人遭到人身攻击。暴力行为不是勇敢、热情，不是有民主素养的台湾人的待客之道。保证陈云林赴台不受影响。

17. 台湾"警政署"：台南市警察维安不力，警察局长陈富祥难辞其咎，已经将其降职。"警政署长"王卓钧自请处分。

18. 台湾"警政署长"王卓钧：袭击事件严重伤害了台湾形象。立即提高张铭清维安层级，绝不允许暴力脱序行为，滋事违法者，一律依法逮捕。再由于县市警察局执法不力，局长要下台负责，自请处分。

19. 台湾"警政副署长"尹永仁：承认维安勤务有瑕疵，将会检讨工作，追究责任。

20. 台南市警察局：根据现场录像带锁定嫌疑人王定宇。

21. 事件见证人、导游汪文章：参观孔庙大成殿出来，听到有人叫喊，暴民从四面八方而来，恶形恶状，场面很混乱，像是暴动。我整个人都吓呆了。这辈子还没碰到过这么恐怖的场面。我也被人拖走，踹了几脚，还问我是谁派来的。不清楚是谁把张铭清推倒。我赶紧把张铭清扶起来送进车内。闹事民众跳上车顶踹车，有的拿拐杖砸车。

22. 随行警员：王定宇通过电台随时通报他们的行踪。张铭清在艺术大学遭到抗议后，为避免再遇上呛声群众，由艺术大学教授魏光莒用奔驰车，连同司机、解说员送张铭清出门。到了孔庙时，刚进了大成殿出来，王定宇带来几十名民众围了上来，高喊"张铭清滚回去，我们不欢迎你，向台湾人民道歉"等口号。边喊叫边一拥而上，拉扯张铭清。我们向前制止，还被骂"哪里派来的走狗"。其中，一名警员腰部被踹了一脚摔倒。另一个警员打手机请求支援，手机被打落。我们寡不敌众，控制不了局面。张铭清被王定宇带头推挤倒地。

23. 读者来信：通过电视传播，全世界都看到了台湾丑陋，没有民主素养就是野蛮。

24. 作家桑品载评论：政治人物借暴力凝聚力量，一直是台湾的政治黑教。

25. 淡江大学教授张五岳评论：莫让暴力事件影响两岸友好往来的道路。

26. 中华两岸婚姻协调促进会的大陆配偶到"警政署"陈情，批评民进党制造两岸对立，纵容暴力，应该认错道歉。她们说："两岸都是一家人，亲人怎会是敌人？娘家夫家一家亲，暴力相向太痛心。两岸和解，谴责暴力。民进党说张铭清是敌人，没有人比大陆配偶感受更深。民进党执政时处处歧视大陆媳妇。"

27. 民进党主席蔡英文：对袭击事件表示遗憾，下令调查事件。批评张铭清"没有'台独'就没有战争"是挑衅言辞。民进党会告知党员，处理群众事件要特别注意基本原则。

28. 民进党：社会要冷静，避免对立。马英九负责张铭清的人身安全。

29. 王定宇：没推人，张铭清是自行后退被树根绊倒。

《联合晚报》

以《这样的反对党——太不负责任了》为题发表特刊谴责民进党制造暴力冲突，指出，若一味鼓吹群众走上街头，不懂得节制，约束个别人的行为和发言，那么参与抗争的群众也无法自制。

以《失根的民进党》为题发表评论：

张铭清遭台南市议员王定宇率众暴力相向，对关切台湾民主发展的人来说，伤害民进党最深的，倒不是"暴力党"的标签将越贴越牢，而是从民进党的判断、处理过程，更让人担忧它已失去了作为政党的根本价值。

王定宇和他号召的群众有没有对张铭清施暴，透过电视画面，一目了然，真不知施暴者还在拗什么？王定宇意图将整个过程"窄化"到张铭清倒地的那一秒，声称自己没有动手，口才着实一流。最让人难以接受的是，他竟还说张铭清自己绊倒孔庙内"树根"跌倒的。因为这已不是主观认定的问题，而需问客观的事实如何？

王定宇的话自设了一个非常容易查证的标准：树根。张铭清被推摔倒的方圆十数公尺内，只有草皮，没有树木，那么何来树根？某电视台记者实地勘查，发现不要说树根，连树枝都没有。但王定宇竟然大言不惭说张铭清是绊倒树根摔倒，真应了一句俗话：说谎也不打草稿。

闯祸的王定宇又声泪俱下地搬出老婆，意图合理化自己的行为，他说"不能让孩子以后在自己的土地上都不能讲民主"。

试问，对他人施暴，硬拗再加说谎，难道就是可以说给孩子听的民主？

更难以理解的是，民进党主席蔡英文的处理方式。对该党民代率众对"敌人"施暴，因涉及意识形态，蔡主席或许可仅表示"遗憾"，但当事者如此明目张胆说谎，蔡主席难道也仅止"遗憾"？对人民说谎难道也有敌我之分？

说穿了，此事只能更凸显民进党在扁家洗钱案后，对是非对错的判断失据；为一时政治利益，不惜牺牲清廉、诚信的价值。还请蔡英文三思这个再简单不过的逻辑：王定宇要卸除"说谎"的责难，请先找出那根绊倒张铭清的树根；民进党要卸除"包庇贪腐、暴力、说谎"的责难，请先找回成立政党的根本价值。

《独家报道》

2008 年 10 月 27 日出版的 1052 期刊载武之璋题为《丢人现眼的暴民行径》说，10 月 21 日得知海协会副会长张铭清遭绿营地方民代率暴民追打倒地，一阵恶心、想吐。有生以来第一次整夜不看电视，何也？气愤、痛心之外，还感到耻于跟民进党及其下流的支持者共同生活在一个岛上。

任何一个残暴的族群都不是真正的勇者，都是懦夫。所谓"远来的都是客"，这是起码的文明人规范，围殴只身在台的张铭清算那一国的英雄好汉？事发以后，民进党还发表声明找一堆理由声援暴民，民进党的格调跟暴徒一样到了不要脸的地步。

暴徒的表现、民进党的态度都不是孤立的事件，都是一种文化现象，都是族群性格的表现。民进党靠暴力起家，虽然有时也虚情假意地谴责暴力，骨子里无论说话、伦理都不脱暴力本色，面对暴行也没有处分过自己人。

《自由时报》

作为偏绿的媒体，《自由时报》的报道尽管有明显的倾向性，为暴力事件找借口，对事件处理挑毛病，但也认为蔡英文只关心民进党的"10·25"竞选造势游行不受影响。该报还发表了题为《台湾爱好和平，不应该暴力相向》的评论和记者的特稿《不要让失控的抗议淹没合理的诉求》《拿掉双重标准，建立真正人权价值》，其他的新闻有：

1. 综述：张铭清（没有标明身份）在台南孔庙遭群众（没有用其他媒体使用的暴民、民进党议员、"台独"分子身份词汇）包围抗议，在推挤中（没有说明是谁推挤谁）跌倒（没有说明跌倒原因）。国台办、海协会表达强烈愤慨和严厉谴责，要求严惩肇事者。台南警察局长陈富祥被火速撤换，王卓钧自请处分。张铭清突然改动行程，警力来不及部署。

2. 国台办：极少数人的破坏行径，阻挡不了两岸关系和平发展的趋势。

3. 张铭清：施暴者不代表台湾人民。如此严重的暴力事件是破坏两岸关系和平发展，影响大陆同胞来台湾旅游与陈云林访台的人身安全。

4. 高雄市长陈菊：应该以理性和平的方式表达态度。

5. 台南市长许添财：对暴力事件表示遗憾，民众有表达自由，但是不能有侮辱和暴力行为。对陈富祥的处置有待商榷。呼吁市民友善对待到台南的游客。

6. 随行警员：张铭清临时改变行程，爆发冲突时警力来不及反应。进入孔庙时没有发现异常，不料行程结束时突然遭围堵。袭击事件发生时，自己被民众拉走质问身份。

7. 记者：台湾警方对苏安生踹陈水扁和张铭清的处置不同。

8. 台湾当局：暴力待客不符合台湾核心价值，对暴力事件表示遗憾，谴责暴力行为。将加强陈云林来台的安保工作。

9. 陆委会：相关部门会做好陈云林的安保工作，不容许类似事件再次发生。

10. 国民党荣誉主席连战：当政者要负起责任。

11. 国民党主席吴伯雄：严厉谴责暴力，应该查办施暴者，做好张铭清的安保工作。

12. 海基会董事长江丙坤：严厉谴责，痛心并谴责暴力行为。大陆的"毒奶粉"让大陆经济蒙羞，台湾的暴力事件也让台湾的民主蒙羞。

13. 长荣集团董事长张荣发：相关单位没有做好防范工作。

14. 林进勋：过去国民党教育民众"共产党是万恶罪魁"，才会踹张铭清的车顶。

15. 民进党主席蔡英文：事件不会影响"10·25"游行。

16. 读者：这不是学术活动，小心国共两党的陷阱。

17. 王定宇：自己没有打人，张铭清不是一般的学者，而是海协会副会长的身份。在接受警方讯问笔录时，得知张铭清在饭店内接受警员讯问，待遇如此差别，说明政治力介入司法。

18. 记者：王定宇接受警方讯问后，支持者高喊加油。

十二、港澳舆论

香港《文汇报》

1. 10 月 22 日：《绿营议员率众推打　海协会副会长台南遭辱打》

2. 10 月 22 日：《国台办、海协会：严厉谴责暴力行为》

《大公报》

1. 10 月 22 日：《张铭清台南遭暴力围攻》

2. 10 月 22 日：《两岸各界强烈谴责绿营野蛮行径》

《苹果日报》

10 月 22 日的《苹果日报》以《重摔拖行 后脑挨两拳》报道：张铭清昨天遭王定宇带人追打，拉扯中并将他推倒重摔地上，场面混乱。张铭清由陪同的台南艺术大学教授魏光莒、导游员江文章和随行警员护送下上车时，后脑勺又被偷袭两拳，最后脱困乘车而去。

张铭清昨天上午到孔庙游览，王定宇接获消息和"黑仔"林进勋等20名支持者赶往。当时张铭清参观完大成殿正要离开，在侧门院子被围住，冲着他高喊"共匪滚回去！我们是台湾人"。魏光莒教授等3人连忙挡在前面阻止抗议者向他动粗，并往门口退。

从电视画面拍摄的画面看到，王定宇此时咆哮着冲向张铭清，并推开阻挡的人说："你不要推我啦！"随即伸手扳过张铭清肩膀，指着他鼻子骂："滚出去，台湾不是中国的。"有人乘机推张铭清，混乱中王定宇一个转身手肘撞向张铭清，将他直挺挺重摔在地上，连眼镜都摔脱。

张铭清狼狈地捡起眼镜，王定宇快步绕到他身后，双手叉着他两边腋下一路向后拖行。护卫人员连忙拉开王定宇，并搀扶他赶紧往出口移动。抗议人士紧跟吼叫，有人乘机打张铭清后脑勺两拳。

张铭清等人上车后，又被抗议人群包围，黑仔（林进勋）更跳上车顶和引擎盖踩踏。一名妇人还拿拐杖敲车，其他人也踹打车身。有人高喊："车子不是张铭清的，下来啦！"双方僵持2分钟，张铭清的车才顺利离去。

十三、大陆舆论

遇袭事件发生后，大陆媒体新华社、人民日报、新京报、北京青年报、环球时报、厦门日报纷纷报道。

10月23日，台湾《联合报》驻北京特派记者赖锦宏以《北京头版 全是张铭清挨揍》为题报道称：北京各大报刊昨天都以头版头条，大幅报道海协会副会长张铭清在台湾遭到暴力，强调"国台办、海协会表达强烈愤慨，两岸各界纷纷予以谴责，台南市警察局长遭调职"，《京华时报》头版斗大标题"海协会副会长张铭清访台遭到暴力袭击"，配上大幅"张铭清受围攻被推倒在地"照片……《新京报》也以头版头条《国台办谴责张铭清在台遭暴力攻击》报道这起事件。

新华社

1. 题为《张铭清遇袭后的"台湾七日"》报道：10月21日，两岸交流史上最丑陋的一幕上演。以厦门大学新闻传播学院院长身份到台参加学术交流的海协会副会长张铭清遭到暴力攻击。台湾岛上风风雨雨，云卷云舒，暴力、温情、欢歌、苦痛、希望……接连上演。

2.10月22日:《张铭清从高雄搭机返回北京》

3.10月23日:《台南市警察局长被调职》

《人民日报》

1.10月22日:《被暴力践踏的是谁?》

2.10月23日:《殴打张铭清教授是台湾之耻》

3.10月27日:《民进党的暴力性显露无遗》

《环球时报》

1.10月22日:《两岸谴责"台独"袭击张铭清》

2.10月23日:《台担心暴力事件影响陈江会》

《新京报》

10月22日:《海协副会长张铭清在台遭暴力攻击》

《北京青年报》

10 月 23 日：《张铭清提前返回北京》

十四、海外舆论

10 月 23 日的台湾《联合报》发表了题为《"丑陋政治面孔"全球放送》的综述，报道了海外舆论：

海协会副会长张铭清在台南被挺绿民众追打和推倒的暴力事件，瞬间传遍全球，已有百多家媒体报道此新闻。香港中通社发表述评，台湾的国际形象严重受创。

印度两份历史悠久、属于高级知识分子的报刊，昨天以显著标题刊登张铭清遭暴力对待，其中，《亚洲时代报》以《丑陋政治面孔》为标题，《政治家日报》则在世界版刊出张铭清遭拉扯的照片，标题是《大陆特使遭到攻击》。

中通社指出，张铭清在台南被挺绿民众追打的新闻，在美联社、路透社和法新社等各大通讯社的报道下，很快传遍全球，包括美国有线电视新闻网（CNN）、日本 NHK、美国之音、英国广播公司（BBC）、中东的半岛电视台，甚至加拿大、巴拿马、法国、瑞士、新西兰等地媒体，全部大幅报道。

1. 美联社《大陆特使遭"台独"人士推倒在地》

[美联社台北 10 月 21 日电]：台湾南部的"台独"分子今天袭击中国大陆派来的特使、大陆海协会副会长张铭清，将其推倒在地，并高呼"台湾不属于中国"。

袭击张铭清事件发生在马英九上台后两岸关系迅速改善的背景下。

台湾电视台现场拍到的图像显示，张铭清在参观台南孔庙的时候遭到十几名抗议者围堵，在拉扯中跌倒在地。抗议者喊道："台湾不属于中国。"

张铭清在陪同人员的帮助下站起来，跑进一旁等候的汽车，一位中年男子对汽车又踢又撞。

2. 美国之音：台湾南部支持民主的抗议人士，却把一名来自大陆的特使推倒在地。

3. 美国有线电视新闻网（CNN）播出的电视画面有 1 分多钟，有混乱的场面、嘈杂的声音，以及抗议民众跳上张铭清车顶用力踩踏的镜头。报道说，这件事正好发生在两岸关系逐渐改善，海协会会长陈云林计划访问台湾之前。

4.《洛杉矶时报》的标题是《大陆官员在台湾遭到粗暴对待》。

5. 路透社：《大陆强烈谴责暴力事件》

[路透社台北 10 月 21 日电] 一名造访台湾的中国大陆官员周二在台南被抗议者推倒在地，这是他连续第二天遭遇粗暴对待。一群激进的民众包围张铭清，并且把他推倒在地；张铭清整个被攻击的过程，完全呈现在电视上，让看到的人都感到相当错愕。

台湾海基会董事长江丙坤在记者会中表示："我强烈谴责这种暴力行为……我们希望在面对大陆人士时态度更为理智。"

当张铭清周一登上台南艺术大学讲坛时，约有 200 名示威者高呼口号，粗暴抗议。

6. 法新社：《国台办对暴力事件强烈谴责，要求严惩肇事者》

7. 英国广播公司（BBC）还以英文、中文等不同的语言，以《台湾人攻击大陆特使》为题播报，台湾当局应该警惕暴力事件引发政治效应，影响两会复谈。陈江台北会谈增加了复杂变数。

可能海外媒体弄不清我的身份，居然对我以"来自大陆的特使"相称，令人哭笑不得。

十五、法院判决

台南地方法院、海基会来函

2009 年 1 月 7 日，台南地方法院给我发函称，该院将对我遭推打案首度开庭，询问我是否愿意赴台出庭作证，或愿以网络视讯方式作证。9 日，台南地方法院发言人陈显荣表示，"虽然原告本人可以不用出庭，但合议庭认为依法还是必须提醒提出伤害告诉的张铭清，告诉对方有这样一个表达意见的机会"。希望我赴台表达意见，并应讯。

2009 年 3 月 17 日，台湾海基会以海廉（法）字第0980008391 号给我发来函件称："兹检送台南地方法院 2008 年度诉字第 1973 号妨碍秩序等案件函正本乙件，请在签收回证上填注日期并签名后，将签收回证寄回本会。"

附后的台南地方法院函的发文字号是：南院龙刑阳 97 诉1973 第字 980010719 号。主旨：请尽速回复 台端是否愿意亲自来台出庭作证，或愿以电脑网路视讯方式作证。

说明：

1.本院受理 2008 年度诉字第一九七三号被告王定宇等妨碍秩序案件，前以 2009 年一月七日南院龙刑阳 97 诉 1973 第字 980010719 号询主文所示事项，因迄今仍未见 台端答复，特此函催，请尽速回复。

2.台端如不便亲自来到庭，愿在所在地以电脑网路视讯方式作证者，请于接受视讯处所准备 CCD 网路摄影机，并告知联络电话号码（附联络人姓名）、SKYPE 账号与传真机号码，俾本院得进行庭前测试作业。

院长 吴三龙

审判长 林逸梅 决行

我的回复

因为在去年 10 月 21 日我在向台南地方法院提告的侦查过程中向检察官做出的陈述已经具有法律效力，足够支持法院做出判决。而且台南地方法院发言人陈显荣已经表示"原告本人可以不用出庭"，可以预见，台南地方法院不会因我不到庭而采取强制措施。因此，经过国台办领导同意，我决定一不出庭，二不愿以网络视讯方式作证。

为了表示我尊重台南地方法院、配合审理此案的善意，我以书面答复台南地方法院，以个人安全考虑，两岸尚无通过网络视讯方式取证的安排为由，不去台南地方法院出庭，也不愿以网络视讯方式作证。

为了防止被告利用诉讼程序制造事端，我以个人名义委托可靠的律师作为代理人，针对诉讼进程提供法律意见，代为接受法院后续文书，低调妥善应对后续诉讼事项。

令我感动的是，台湾不少律师自告奋勇，表示不需要提供律师费，免费担任我的律师。我感谢他们的好意，婉拒了他们。

4月8日，台南地方法院将就王定宇等妨碍秩序案召开准备程序庭。在此过程中，案件当事人可向法庭提出要调查的证据、申请传唤证人或向其他机关调取书证。

台南地方法院判决

2009年9月21日，台南地方法院对我遭推打案作出一审判决：带头闹事的民进党籍台南市议员王定宇被检方认定"利用广播电台公然号召群众，带头以肢体推挤、动手推倒张铭清受伤，违反'刑法'第150条第2项'公然聚众、施强暴胁迫之首谋罪嫌'，及第 277 条第 1 项'伤害罪嫌'"，以"首谋聚众施强暴胁迫"与"伤害"两罪起诉，求刑 1 年 2 个月。对同案的林进勋、杜永南、曾朝枝、伍平进、何桂花、王贞瑞等 6 名被告以"违反'刑法'第 150 条第 2 项'公然聚众、施强暴胁迫之首谋罪嫌'，及第 302 条第 1 项'妨碍自由罪嫌'起诉"，林进勋求刑 8 个月，杜永南求刑 7 个月，其他 4 人分别求刑 6 个月。

台南地方法院认定王定宇"伤害张铭清的不确定故意"判刑 4 个月，"妨碍自由罪"判刑 2—4 个月，拘役 40—55 天。7 人均可易科罚金，一天折算 1000 元新台币。

有台湾媒体认为，王定宇此事"绝对是他未来继续从政的资本之一，不但可以操作成政治事件，更可以作为评判中国的文章，对吸取反中人士的选票，有相当的帮助"。（台湾《新新闻》，2009 年 1177 期）

台湾高等法院台南分院驳回王定宇上诉

由于王定宇不服台南地方法院判决，提起上诉。2010 年 5 月 12 日，台湾高等法院台南分院驳回王定宇的上诉，对王定宇进行刑事判决。

王定宇上诉被驳回的事实根据：

王定宇矢口否认有伤害告诉人犯行，辩称："告诉人过去之言论内容对台湾极尽打压侮辱及威胁，来台期间之言论亦充满敌意，伊身为台湾人民及民意代表，向告诉人表达乃伊应尽之义务，且向告诉人表达诉求时，已特别注意秩序之维护，并尽量与告诉人保持距离，避免意外发生，伊并无碰触告诉人身体"云云。

经查，（一）王定宇为台南市现任市议员，适大陆海协会副会长告诉人张铭清应台南艺术大学邀请，于2008年10月19日以厦门大学新闻传播学院院长身份，率领大陆采访团人员入境台湾进行学术交流，为向告诉人表达政治诉求，先后于2008年10月19日晚上及翌日20日上午，分别前往告诉人用餐之台南市中正路度小月餐厅及参与学术研讨会之台南艺术大学校门口抗议。待告诉人于同年月21日上午10时30分许，参观台南市南门路一级古迹之孔庙时，遭数名民众包围呛声。被告王定宇据报于同日10时35分许到场参与，并冲至告诉人面前，高举双手向张铭清高喊"台湾不是中国的一部分"。告诉人向后仰倒落地，致受有右侧髋及右侧肩部挫伤等情节。迭据被告王定宇于警询、侦查及原审审理时供述（详见警卷第12页、他字侦查卷第 36 页、一审卷 [一] 第 277 页），并经告诉人张铭清于警询时指述至孔庙参观时，遭民众包围呛声，遭人推倒，致右大腿至右臀部位受有挫伤等语明确（见一审卷 [二] 第 132、133 页张铭清警询勘验一文）。复据证人即陪同告诉人参观孔庙之解说员江文章及随行警员曾天来、薛明光、黄国展等人，分别于警询、侦查中或原审审理时俱证称告诉人跌倒之事（见警卷第 92 至 94 页，他字侦查卷第 161 页至 165 页、一审卷 [一] 第 261 页、一审卷 [二] 第 49 至 64 页）。告诉人向后倒地致受伤有上开伤势等情，复有告诉人于 2008 年 10 月 21 日至新楼医院就医之诊断证明书，及该院 2008 年 10 月 22 日新楼历字第 0981016 号函复告诉人就诊当时所诊断之伤势情形及病历资料在卷足凭（见警卷第 91 页、一审卷 [一] 第 147 至 152 页）。

（二）依据当日随行采访之中天电视台、三立电视台、TVBS 电视台等媒体记者现场拍摄之录影内容所示：被告王定宇到达孔庙后，旋即冲至告诉人面前，高举双手向张铭清高喊"台独"口号；于告诉人见状转身欲回避，奉派随行告诉人执行维安之警员黄国展亦出手阻拦，仍予以怒斥；又迅速靠至告诉人背后，先以右手自后搭住告诉人右肩颈部，再以左手抓住告诉人左臂，顺势转向与告诉人贴身面对面，阻挡告诉人去向；继而与告诉人双手碰触、拉扯，并持续高举双手向告诉人高喊"台湾主权独立"；于告诉人遭其正面拉扯呛声而向后踉跄数步，高举双手欲阻挡时，仍持续逼近而致步履节节后退。随行执行维安之警员曾天来、薛明光试图拉开告诉人时，仍自后排除该两名警员之阻拦，再转身面向告诉人瞬间，侧身以右手肘撞击告诉人胸部，致告诉人重心不稳而向后仰倒落地等情节，业经原审勘验中天电视台现场拍摄内容及新闻侧录内容、三立电视台现场拍摄内容、年代电视台 LIVET 新闻内容、TVBS 电视台记者现场拍摄内容现场拍摄内容、东森电视台侧录内容等各家电视台拍摄告诉人在台南市孔庙冲突事件录影光碟，制有勘验结果等笔录及告诉人倒地前后之连续翻拍画面照片查证甚明（见一审勘验卷宗第 7 至 12、157 至 160 页），并有承办员警自上开录影内容截取翻拍之照片在卷可资对照（见警卷第 122 至 127 页）。

又告诉人倒地前，被告王定宇有侧身以右手肘撞击告诉人胸部等情节，亦据目睹告诉人倒地之证人黄国展于侦查中具结证称："刚开始王定宇要冲进来到张铭清面前，我见状就抱住王定宇，他回过头来问我是哪一个单位的。后来他挣脱，我的位置离张铭清约 2 公尺。王定宇就跑到张铭清的旁边，很短的时间，我看王定宇站在张铭清旁边，当时王定宇急速冲过去，王定宇应该是有接触到张铭清。但张铭清倒地的时候，王定宇在张铭清身旁。"等语（见他字侦查卷第162页）。于原审审理时更具体征称：伊有看到被告王定宇推告诉人，当时被告王定宇身体贴近告诉人身体，被告王定宇在转身之瞬间，手有触到告诉人，公诉人就倒了等语（见一审卷［二］第50、51页）。

据证人在场执行维安之警员薛明光于侦查中具结证称："我看到王定宇冲撞张铭清，因为我们当时在阻挡抗议张铭清的民众，我看到王定宇的时候，他往张铭清的方向冲进来，我跟我同事要推开王定宇，但他还是往张铭清的方向冲，我就看到王定宇推倒张铭清，王定宇是侧身用右手撞击张铭清的左侧胸部，张铭清就往后倒地。"明确（见他字侦查卷第162、163页）。按证人黄国展当时所在位置，系位于被告王定宇左后斜侧约1公尺，与告诉人及被告王定宇间之视线并未被阻挡一情，据其陈明在卷（见一审卷［二］第50、51、64页），并有经该证人当庭圈示其所在位置之上，开勘验卷宗第160页左下角、第175页左下角、第175页左下角等照片可资观照。当时是紧随在告诉人身边协助拦阻被告王定宇与民众接触告诉人，当清楚目睹被告王定宇与告诉人间之接触情形，其证词自有相当真实性。

况互核二证人上开证述情节，亦与前勘验结果大致相符，彼等证述应为真实可信。辩护人指称个人推测或遭媒体误导所述，自无可采。被告王定宇辩护人于原审辩称：在中天电视台记者现场拍摄内容约 2 分 21 秒时，亦即告诉人倒地前之一两秒，告诉人遭两名不详民众于右手腋下侧及右后背处推挤，告诉人身体当时业已欲向后倾倒。而被告王定宇当时则因遭拉扯而背向告诉人，并无与告诉人碰触；又于 2 分 22 秒之际，被告王定宇虽有转身之动作，然亦无接触到告诉人。告诉人系遭两名不详民众推挤，重心不稳而倒地等词。然勘验卷宗第 160 页左列第一张画面显示，告诉人遭两名不详民众于右手腋下侧及右后背处拉扯推挤当时，其身体乃系向前微倾，当时告诉人身体并已贴近被告王定宇手臂。再由同页右列第一张接续画面更可对照观之，告诉人系于被告王定宇侧身以右手肘推撞胸部时始开始向后仰倒，当时该两名拉扯告诉人之民众，手部均已脱离告诉人身体之情，甚为明确。足认告诉人并非遭两名不详民众拉扯推挤而向后倾倒，乃系遭被告王定宇贴身以右手肘推撞胸部致重心不稳而向后倒地之事实，堪以认定。辩护人所辩，与上开事实不符，并无可采。

此外，再参酌告诉人警询时已明确肯定指述其遭被告王定宇推倒一情（见一审卷［二］第132页勘检译文），暨依卷附告诉人倒地处之比对照片与平面图（见警卷第113页），显示告诉人倒地处乃平坦无突出物之空地，并无可能绊倒告诉人之树根或地上物存在。告诉人身体若非遭外力推撞冲击，实不可能无故失衡致身向后仰倒请事，益证告诉人之倒地确实系遭被告王定宇贴身以右手肘推撞胸部致重心不稳所致之客观事实，询臻明确。

综上相关事证，被告王定宇当时到场向告诉人表达其台湾"主权独立"诉求之过程中，非但与告诉人之肢体有贴身近距离接触、拉扯，具有持续向告诉人逼近而致告诉人步履节节后退之情，继而再以右手肘撞击告诉人胸部，因而致告诉人向后倒地之情节，已堪认定。

被告王定宇辩称：其向告诉人表达诉求时，已与告诉人保持相当距离，并无触到告诉人身体等词，显非真实，要无可采。被告王定宇辩称：伊未接触告诉人身体，撞到告诉人云云，委不足取。

综上事证，被告王定宇伤害犯行，妨碍秩序罪嫌，事证已臻明确，应依法论科。

本院经核原判决认事用法，均无不合，量刑亦属妥适。被告王定宇上诉意旨否认犯罪，并指责原判不当，为无理由，应予驳回。

台湾高等法院台南分院对王定宇的判决

判决书认定的事实是：

1. 王定宇为台南市现任议员，提倡"台湾是主权独立国家"。

适大陆海峡两岸关系协会（下称海协会）副会长张铭清以厦门大学新闻与传播学院院长身份，应台南艺术大学邀请，于2008年十月十九日，率领大陆采访团人员入境台湾进行学术交流。王定宇为向张铭清表达其主张"台湾是主权独立国家"之诉求，乃先后于2008年十月十九日晚上即翌日（二十日）上午，分别前往张铭清用餐之台南市中正路度小月餐厅及参与学术研讨会之台南艺术大学校门口，向张铭清表达"台湾主权独立"之诉求。迨于同年月二十一日上午张铭清随采访团先后至台南市之亿载金城、安平古堡、四草大众庙、鹿耳门天后宫等地参观，而于当日上午十时三十分许，至台南市南门路一级古迹之孔庙参观时，遭数名民众在孔庙院内空地包围呛声。王定宇据报于同日上午十时三十五分许，亦前往参与表达"台湾独立"之诉求；民众见状陆续加入，约有二三十名民众随着王定宇围绕在张铭清身旁激动叫嚣辱骂。王定宇明知民众包围张铭清，在众人紧身推挤之情况下，主观上预见其如近身与张铭清肢体接触表达诉求，会激起民众情绪高昂，可能导致张铭清受伤之危险，然为向张铭清强烈表达诉求，竟基于纵使张铭清受伤亦不违背其本意之不确定伤害故意，冲至张铭清面前举手高喊"台湾不是中国的一部分"等语。并于张铭清见状欲回避，奉派随行张铭清执行维安之警员黄国展出手阻拦时，乃予以怒斥；又迅速靠近张铭清背后，再以右手自后搭住张铭清右肩颈部，左手抓住张铭清左上臂，顺势转向张铭清贴身面对面，阻挡张铭清去向；继而与张铭清双手碰、拉扯，持续高举双手向张铭清高喊"台湾主权独立"。于张铭清因遭其正面拉扯呛声而向后踉跄数步，欲举双手至胸前阻挡时，仍持续逼近而致使张铭清步履节节后退；随行执行维安之警员曾天来、薛明光试图拉开张铭清时，仍自后排除该两名警员之拦阻；再转身面向张铭清之瞬间，侧身以右手肘撞击张铭清胸部，致张铭清重心不稳而向后仰倒落地，因而受有右侧髋及右侧肩部挫伤等伤害。复见张铭清倒地之际，即绕至张铭清后方，双手伸入张铭清腋下，试图将张铭清拉起，因力量不足而将张铭清向后拖行数步（拉起张铭清部分，不能证明伤害犯行）。张铭清经警员曾天来、黄国展、薛明光等人合力扶起，并护送返回停放在孔庙大门外面之 B-8777 号座车（下称座车）。

2. 嗣张铭清进入座车后，民众续即包围座车拍打车身及辱骂三字经，并于司机庄明泉启动座车欲载张铭清离开时，民众林进勋为阻挡张铭清离去，基于妨害自由犯意，驾驶王定宇服务处所属车牌号码 YW-6849 号宣传车斜停在座车车头左前方，挡住前进路线，致庄明泉无法驶出；林进勋继而跳上座车车顶，有力踢踹座车车顶及引擎盖等处，导致座车车顶及引擎盖板金属凹陷（毁损部分未据告诉）。是时，围绕在座车车头或右侧车身之民众曾朝枝、杜永南、伍平进、何桂花、王贞端等五人，见林进勋跳上座车踢踹，亦参与林进勋共同妨害自由之犯意联络，曾朝枝、杜永南、伍平进三人，于林进勋跳下座车后，与林进勋以双手挡住座车车头，何桂花持拐杖敲击座车之右侧车身、车窗，王贞端则以双手按住座车车头右侧引擎盖，各以上述非法方法，共同阻碍庄明泉驾车搭载张铭清离开。庄明泉因恐移动座车伤及林进勋、何桂花、伍平进、曾朝枝、王贞端等人，不敢贸然前进，因而无法顺遂驶离现场达三至五分钟之久。最后经车外随行人员及支援警力到现场排除，王定宇亦在旁疏导，庄明泉始顺利搭载张铭清离去。张铭清及庄明泉之行动自由因而遭剥夺约三至五分钟之久（林进勋、何桂花、伍平进、杜永南、曾朝枝、王贞端六人经原审依共同剥夺行动自由罪，判处林进勋有期徒刑四个月，何桂花拘役五十五日，杜永南有期徒刑三个月，曾朝枝拘役四十日，王贞端拘役四十日，未为上诉确定）。

3. 案经告诉人张铭清告诉及台湾台南地方法院检察署检察官指挥台南市警察局第二分局侦查起诉。

核被告王定宇所为，系犯"刑法"第277条第一项伤害罪。原审审酌王定宇身为民意代表，向来台之大陆地区官员，表达不同政治理念，理当为民众表率，采取理性和平方式，展现民主台湾人民之风范，竟于向告诉人表达诉求，造成告诉人在大庭广众及多家媒体摄影机前，呈现四脚朝天摔倒受伤景象，严重损及告诉人人格尊严，亦间接影响台湾形象，及犯后藉词言论自由欲解免罪责，并无悔意，暨参酌被告行为之动机、目的、知识程度、告诉人所受伤势程度等一切情状，适用"刑法"第277条第一项、第41条第一项前段、刑法施行法第一条之一，量处有期徒刑4月，并谕知如易科罚金，以新台币1000元折算一日。

本院经核原判决认事用法，均无不合，量刑亦属妥适。被告王定宇上诉意旨否认犯罪，并指责原判不当，为无理由，应予驳回。

十六、袭击案首犯

"野马"王定宇

据台湾媒体了解，王定宇是外省籍第二代老兵子弟，就读成功大学外文系时就参加"野百合"学运，毕业后当过民进党"国大代表"黄昭凯的助理。他参加民进党活动达十几年之久，曾担任过民进党市党部执行长、台南市评议员，1998年参选第14届市议员选举落选。由于他具有政治企图心，积极投入民进党活动。此后，当选民进党党代表，参选市长、"立委"助选，于2002年当选市议员。

他从政前在广播电台工作，担任过三立电视台《大话新闻》节目的主持人。他善于运用电台号召制造群体事件。2006年9月"红衫军"抵达台南，他就通过广播鼓动上千人前往市议会反制。由于他善于煽动群众激情，在台南市政坛风评非常两极化。因为经常与人言辞交锋，行为出格，有"野马"的外号。

在 2009 年台南市长改选时，他是第一个宣布角逐市长的候选人，并在市区重要路口竖立自己的广告牌。民进党人士透露，在强烈的政治企图心的驱使下，他连日呛声，就是为了增加自己角逐市长的曝光率，淋漓尽致地活现"野马"本色，其政治企图心之急切也暴露无遗。这次袭击张铭清使他的知名度世人皆知。虽然他如愿以偿，但是使台湾民主的形象毁于一旦。

王定宇于 2008 年 10 月 21 日上午，在快乐广播电台"台湾人俱乐部"中担任来宾，在电台广播表示："今明两天，台南县市的朋友、线上的朋友，布在各地方的点，你们有看到张铭清的话，随时通报集结，他们现在有听到我的讲话，不管是赤崁楼前卖肉燥饭，亿载金城旁扫地的阿伯……可能都是我们的人，我不是吓唬你，你若来到那里，台湾人民个个是士兵，士兵是人民。现在服务处听到，麻烦'黑仔'（即林进勋）你快带人去安平天后宫，另外也希望市党部有机动组的也麻烦赶快出动。现在网路上的朋友有回报了，现在他们人在林默娘公园，那他如果说在。中国没有台湾，台湾不是中国的，你就马上围起来，然后马上通报我们，人马上到……（民众 CALIN：议员，他们车队停在天后宫和安平古堡）线上的朋友方便快打电话给李文正议员，让他知道，他调人过去比较快……线上的朋友，包括服务处'黑仔'（即同案被告林进勋），这边机动组随时出发，去那表达我们的声音"等言论。在广播上公然号召不特定之群众，前往告诉人张铭清可能出现之地点聚集。

台湾媒体认为，王定宇此次煽动民众围攻张铭清"绝对是他未来继续从政的资本之一，不但可以操作成政治事件，更可以作为评判中国的文章，对吸取反中人士的选票，有相当的帮助"。（台湾《新新闻》，2009 年 1177 期）

"黑仔"林进勋

在袭击现场，冲在前面，爬上车顶猛踹的林进勋，有"黑仔"和"冲组仔"的外号。因为只要有冲突的场合，当指挥者一喊"冲"，他肯定是冲在最前面。他是个独行侠，没有人知道他的背景和职业。因为他经常丧失理智，激动起来如脱缰的野马，无法劝阻，没有人会愿意找他帮忙。只有被王定宇这样有政治企图心的人利用来当枪使。

10 月 21 日下午，他到台南地检署应讯时，身穿"台湾魂"的白布条，手持标语纸板，头绑布条。对人说，"国民党教育大家说，共产党是万恶罪魁"，他才会爬上张铭清所乘坐的轿车车顶踩踏。警方要求他放下纸板，他坚持走到门口处才把纸板交给警方，但拒绝摘下头上和身上的布条。

王定宇自称被"恐吓"

"10·21遇袭事件"发生后，台湾舆论谴责王定宇等人暴力行为一浪高过一浪，甚至一些有"黑道"背景的人士也谴责这种暴力行为，认为这种暴力行为也有违"黑道"的"行规"，要求王定宇公开向我道歉，否则要卸掉他的手臂和腿，也会对他家人不利。据台湾报纸报道，有一吴姓男子对王定宇说"向张铭清道歉，否则一枪解决你！"

一位台湾朋友说，有位黄如意先生自称是我儿子的朋友打电话给电视台，要记者到他办公室拍摄他要王定宇向海协会副会长张铭清道歉的新闻，并称张铭清是他的好友，很多台商很感激张铭清，他也很受张的照顾。他专程南下找了王定宇，对他说，张铭清来者是客，我们不能不懂得待客之道。他说，很多台商要求王定宇向张铭清道歉，以免影响台商在大陆的权益。王定宇很欠揍，竟然敢打张铭清。王定宇称，那我向你及台商道歉，不是向张铭清道歉。

此后，王定宇以受害人的身份到台北地检署称自己被黑道威胁，还开记者会称自己受到威胁，威胁他的人曾朝他的胸口捶了两下。如果他还不道歉就要他的命，真有害怕的感觉。有人打电话给他，要他买广告登报向张铭清道歉。

十七、台南旅游遇冷

《笨蛋，你们推倒的是自己！》

2008 年 10 月 23 日，台湾新党原主席、知名律师谢启大女士以《笨蛋，你们推倒的是自己！》为题，投书《南方周末》。

文章说：在新闻画面上看到海协会副会长张铭清在台南孔庙内，被"台独"死忠派推倒在地，心中非常难过。这些"台独"的死忠支持者也许不知道被推倒的已不只是他们所谓"可恶的中国人"，而极有可能是他们自己未来的饭碗，是他们子女未来的生存的路。

不论这些绿色死忠的支持者是否愿意承认，有一个摆在台湾 2300 万人民面前的事实：大陆面积是台湾的 260 多倍。大陆人口是台湾的 57 倍，大陆在这十几年中已突破重重难关，实力及经济现在已直追美国。

反观台湾，虽然在"台独"支持者口中"可恶的中国

人"——两位蒋"总统"——近40年的带领下，创造了台湾的
经济奇迹，创造了台湾人民的丰衣足食。但也在他们拥戴的两
位"台独"领导人——李登辉及陈水扁——近20年的主政期间
把这些蓄积的财富掏空了……更何况又遇上世界性的金融风暴，
台湾经济已经很难再起死回生，现在唯一可能救台湾的一条路，
又可能被这些笨蛋推倒。

　　大陆真的不需要急着与台湾立即统一，他们为未来的发展，
需要处理更重要的事务还很多。大陆可以借此事件而决定：陈
云林暂停访台，以避免"台独"者及陈水扁借此炒作，而帮助
了陈水扁混淆他贪污事件的新闻焦点。大陆可以借此暂缓扩大
开放大陆赴台观光，甚至大陆官方不暂缓，大陆人民看到此事
件，也会考虑暂缓赴台观光。好玩、好看的地方多得很，只要
有钱去消费，其他地方欢迎都来不及，何须到不友善之地寻找
不愉快。台湾经济因此无法提振，是台湾执政者及人民自己要
处理的问题。

　　纵令大陆官方与人民不放弃赴台观光，但民进党执政的县
市，观光行程一定会绕过去，绝不在该地消费，更不要为该地
做出一点点经济贡献。他们既然声称为了"台独"愿意肚子饿
扁扁，当然要成全他们这番心愿。

大陆是我们下一代未来发展的腹地，如果没有大陆，台湾下一代发展的路是极为有限的。更何况中国大陆正向着民族复兴之路迈进，这其中亦有近百万台商十数年贡献的力量，同样流着中国人血液的台湾人民，没有置身事外不加入共同奋斗，追求自己未来发展生存之道的道理。台湾只因为曾经受过异国的统治，只因为过于民主开放，使不同想法主张的部分人士可以为所欲为。但他们的肆意而行，断了他们自己的生路事小，影响了两岸未来的发展，影响了我们下一代未来的发展事大。我们没有必要容忍，使这一小撮人可以任意毁掉生存空间的道理。

这些笨蛋，推倒的不单是他们自己的饭碗，更是我们子女们的未来生存之路。

大陆游客绕道台南

后来台南旅游遇冷的情况，证实了谢启大女士在《笨蛋，你们推倒的是自己！》一文中的预见。

台南本来是台湾名胜古迹最多的地方，因此是一个游客必去的旅游热点。自从"10·21遇袭事件"发生后，到台南的游客骤然降温，尤其是台湾旅游主力的大陆游客几乎是绕过台南。原因自然是对到台南的安全考虑，更重要的是对王定宇等人的暴行的抗议。

因为旅游观光是一条产业链，游客骤降，直接影响酒店、交通、食品等一条龙产业，进而影响在这一产业链上的人员的饭碗。

台南旅游遇冷的情况继续发酵，使台南市长许添财坐不住了。他除了在多个场合表示，自从"10·21遇袭事件"发生后，台南的有关方面加强了安全管理，来台南旅游安全绝对有保证。同时，他通过各种渠道给我传话，邀请我再去台南，10月21日去的那次不算数。如果我能成行，台南市将授予我"荣誉市民"的称号，授予我城门金钥匙，为我举办5000人参加的入城式等等。后任市长赖清德也表示，希望我再去台南，绝对保证安全，不可能再发生"10·21遇袭"那样的事了。

作为台南市长，他们希望挽回台南不安全的形象以拯救当地旅游业的颓势，可以理解。但是民进党坚持"台独"立场，动辄诉诸暴力对待与他们政见不同的人士，又岂是台南的当政者几句空头承诺可能改变的呢？

十八、后续反响

登机受优惠

"10·21事件"后，我只要出现在公众场合，几乎都被大家认出来，有问候的，有要求合影的，有要求签名的，还有受到意外优待的。

2008年11月7日，我去江苏淮安出席"第三届台商淮安论坛"，由于堵车，赶到机场时，离起飞时间不到半个小时了，也就是说按规定机舱门已经关闭，不能登机了。正当我怀着侥幸心理通过要客通道往登机口走，试试运气的时候，一位工作人员快步迎上来问我："您是张会长吧？"我说："是的，不好意思，路上堵车，误机了。"他说："机长交代了，等着你哪。请赶快登机吧。"我跟着他，快步来到机舱口，只见一位身着航空制服的大高个快步迎上来，自我介绍："我是本次航班的机长，欢迎你乘坐我们的航班。现在离正点起飞还有10分钟，我们在等您登机。"我一叠声表示感谢，空姐赶紧把我引到头等舱座位。我向乘客们抱拳致歉的时候，机舱里响起了热烈掌声，乘客们向我挥手致意。等飞机升空进入平飞模式时，乘客们不断来我的座位旁问候，要求合影、签名，我都一一满足了他们的要求。我没有想到，事过半个月了，大家还记得我遇袭的遭遇，对我这么热情，令我颇感意外又感动。

饶颖奇的"熊抱"

当年 11 月 12 日，出席"第三届台商淮安论坛"后，我又来到福建龙岩，参加"第二届客家文化与两岸关系和平发展论坛"。第一届海峡两岸客家高峰论坛是 2006 年 11 月在北京举办的，我当时代表海协会与会致辞。当时会议就议定，今后举办论坛，要选在客家聚集地福建龙岩和广东梅州，因此，这一届就在龙岩举办了。第一届论坛，台湾出席的是祖籍福建省武平县的客家代表人物、国民党评议委员会主席饶颖奇先生。这一次他和国民党中常委廖万隆先生代表台湾方面与会。

当晚，龙岩市举行欢迎晚宴。出席论坛的大陆嘉宾在宴会厅门口迎候台湾嘉宾。第一个进入宴会厅的饶颖奇先生一看到我，便大步走过来，给我一个结结实实的"熊抱"，抱得我有点喘不过气来。只见他眼眶湿润，一边拍着我的后背，一叠声地说："您受苦了，您受委屈了，真是对不起、对不起、对不起……"然后拉着我的手上上下下地打量着我，关切的问候"身体还好吧，伤好些了吗？"我也一叠声地说："感谢台湾朋友的关心，我的身体经过检查治疗已经好多了，你看，这不是专程从北京来开会，接待老朋友了嘛。"我们手拉手入座后，廖万隆先生也走过来，趴在我的后背上问长问短。饶颖奇先生在宴会致辞时，特别肯定了我在"10·21 遇袭事件"中的表现，称我在离开台湾时的讲话，感动了整个台湾，应该向我致敬。他提议大家也向我致敬。他话音未落，全场立即响起长时间的掌声，使我很不好意思，连连起身拱手，向大家鞠躬致谢！

整个宴会之中，我成了晚宴的焦点。台湾的朋友也一个接一个、三五成群地过来问候，要求签名、合影。宴会后，他们还一直跟着问候表达关心之情。

有的媒体朋友听说我和饶颖奇先生在入场时有一个感人的"熊抱"，他们没有拍到，希望我和饶先生再抱一次，好让他们补拍一下。我调侃道"那不就成了'摆拍'啦，这可是违背新闻真实性原则的呀"。过后，我给他们"支招"：找拍到的同行解决，再说了，让饶先生这样的国民党的大员"补拍"也不合适，今后注意不要再漏拍了，汲取教训也好。

第6届海峡两岸中华传统文化与现代化研讨会

11月22日，我从龙岩接着到厦门出席"第6届海峡两岸中华传统文化与现代化研讨会"。这是个高规格的会议。全国人大常委会副委员长、民进中央主席严隽琪，全国政协副主席、民进中央副主席罗富和，人大常委会前副委员长、文化学者许嘉璐，全国政协前副主席张怀西，文化部原部长王蒙，中华民族文化促进会副主席王石，中共福建省委常委、宣传部长唐国忠，以及国民党评议委员会主席饶颖奇出席。

主持人、厦门市政协主席欧阳建介绍嘉宾，当介绍到我的时候，特意加上"在台南遇袭的海协会副会长"定语，全场爆发出比别的嘉宾更长时间的热烈掌声，我赶紧站起来向大家多次拱手致谢。

合影"马拉松"

2010年5月31日，在上海举办世界博览会期间台湾立法部门顾问、中华华夏文化交流协会理事长沈智慧女士，率领200多人的访问团到上海参观世界博览会，并进行交流活动。

因为这个协会在弘扬中华文化、反对"台独"、支持发展两岸关系、积极开展两岸文化等方面的交流做了不少有益的工作，我受海协会陈云林会长的委托，并代表他会见他们。

当晚 7 点 45 分，我与海协会和上海台办的同志来到他们下榻的宾馆。他们全团 200 多人已经在大堂列队欢迎。沈智慧理事长在向全团介绍我时还特别强调说，张会长就是前年在台南遇到"台独"分子袭击的那位英雄。我赶忙摆手表示"不敢当"，并感谢广大台湾同胞对我的关心。沈智慧女士说，大家都很期待和张会长见面，今天本尊来临，我们请他和我们照个相好不好？她话音没落就响起一阵欢呼。沈智慧转过头来对我说："大家知道你代表海协会来看望我们的，都非常高兴，并且纷纷要求和你合影留念，而且这是唯一的要求。你看看，大家这么热情，你应该不会拒绝吧？"

我当然不会拒绝。按照拍合影的习惯，这么多人，应该有一个梯形站台，请大家站在上去照，可是一看大堂里没有准备这样的站台，就问沈智慧怎么照？她说就一个一个地照。我没有听明白，再问她怎么照？她重复说了一遍，就是我和他们全团的人一个一个地照，而且这是大家的要求。这时我才发现，访问团员已经排成了一字长龙等着和我一个一个地照呢。事已至此，我还能说什么呢？只好做个"道具"，让他们一个一个地照合影。

我还从来没有遇到过二百多人照相这样的阵仗！我起先还强打精神，做出微笑的表情，大约过了十几分钟，微笑的表情实在难以为继，自己的面部已经麻木，至于做出什么表情是笑、是哭、还是皮笑肉不笑，连自己都不知道了。大概过了一个小时，估计200多张照片也照得差不多了，我发现怎么排的长队还是像刚开始那么长呢？有些我印象中照过人怎么又来照了呢？我忍不住问，你好像刚才照过了吧？他不好意思地说，刚才没有照好，再照一次。我无语了。原来，像他这样再照一次的还大有人在。后来，连沈智慧都看不下去了，拍拍手说，照过的就不要再照了，张会长还有其他安排呢。但是，还是有人不大自觉，非要几个人一组再照。照完了相的人向我表示感谢，还说要拿回去给亲戚朋友炫耀，还要放大后挂在客厅里。大概照了一个半小时，我才脱身。平生第一次经历合影"马拉松"，真有点腰酸背痛，我一边揉揉腰，捶捶背，一边对沈智慧开玩笑说："沈理事长，你们这么'折磨'一个老人当'道具'，我可要收'道具'费哦。"

下篇

后续：四访台湾

一、"10·21事件"后首次赴台

"凶险之旅"？

1. 出席"第15届中国现代化研讨会"

自从"10·21事件"后，台湾的朋友见到我的第一句话就是"深表歉意"。我每每表示，我在离台湾的当天就说过，那是极少数人的行为，不仅不代表绝大部分台南民众，更不代表知书达理的广大台湾同胞。所以，你们没有理由代人受过，更不必道歉。但是，他们都表示，这几个少数人在全世界人民面前丢了台湾人的脸，我们应该概括承受。更有些台湾同胞行为夸张，有下跪的，有自打耳光的，我都一一劝阻。他们更关心的是，我还会不会再去台湾。我的回答是肯定的。我说，10月21日那天事情发生后，从我住的酒店门口到大堂摆满了慰问花篮，其中雷倩夫妇的花篮缎带上的一句话我记忆犹新——"张会长，你要记得你在台湾有无数的朋友！"台湾有那么多朋友，我怎么会忘记呢？我当然会再去看他们的。

2010年8月1日9时，我率团出席"第15届中国现代化研讨会"，乘坐国航CA185航班从北京出发。

临行前的7月31日晚，得知我明天赴台的儿子为我送行，临走时不无担心地望着我说了句："老爸，你这次赴台可是凶险之旅啊。"这话颇有点"风萧萧兮易水寒"的味道。我拍了拍儿子的肩膀说："放心！这次去可不是鸿门宴，肯定是安全之旅，一定安全回来！八天后，你来接一个健康的老爸！"

2. 戒备森严

8月1日国航CA185航班于11点40分到达台湾桃园机场。促进中国现代化学术研究基金会董事长梅可望、执行长王跃华、海基会副秘书长高文诚在机舱口迎接。在他们的旁边各有一位身着警服的摄像对着我拍摄。我问梅、王，他们是哪个媒体的？得到的回答是：他们是警方安排的，鉴于前年在台南遇袭事件发生后，我此次来台，警方按最高安全保卫方案，作了周密部署，从我出机舱口到8月9日返程进机舱口全程录像，保留证据。这也是上次办案的经验，因为媒体提供的录像为办案取证，驳回王定宇上诉发挥了关键性的重要作用。

在贵宾室出口，早已得到消息大批记者手持话筒、摄像机、照相机长枪短炮把出口堵了个严严实实。我在警察的簇拥下也无法走动。记者问道"时隔一年多，这次来台心情如何？"我微笑以对："你们看看我心情如何？""对王定宇被判刑有什么看法？"我答："尊重司法。"问："此次来台还去台南吗？"答："我此行是出席'第15届中国现代化研讨会'的，没有其他安排。"

好不容易挤出记者群，上车后发现，从机场到用午餐的尊爵天际大酒店的路段，实行了交通管制，路边警察三步一岗、五步一哨，一片戒备森严的气氛。

一下车，酒店总经理简瑞璋在门口迎接，大堂服务员列队欢迎，并给我献花。简总捧出签名簿请我签名后，还要求合影。

餐后即去举办研讨会的中国文化大学。学校董事长张镜湖、校长吴万益在门口迎接。原先从机场跟踪到酒店的记者也尾随而至。因为研讨会开幕在即，我没有时间再回答他们的问题。

我在与文化大学的师生座谈发言中，以21世纪是中国人的世纪开篇，阐述中华优秀的传统文化在实现中国的现代化、中华民族伟大腾飞的重要作用。两岸同胞共同继承发扬中华优秀的传统文化是我们责无旁贷的历史使命。

座谈会结束后，校领导陪同参观校图书馆、体育馆，登上楼顶远眺台北市。

晚上，研讨会在福华饭店宴请与会的两岸嘉宾。餐会气氛热烈活跃，两岸学者、朋友交谈甚欢。在谈到程序设计话题时，我以母亲分蛋糕，兄弟都不满意，都认为自己吃亏，后来改变程序，让兄弟两人一个切蛋糕，一个取蛋糕，改变了程序，兄弟皆大欢喜。可见中国人有的是智慧，完全有能力有办法解决两岸的程序问题，取得两岸皆大欢喜的结果。

3. 研讨会开幕式上又遇闹场

8月2日，中国现代化研讨会在实践大学开幕。在贵宾室记者们又蜂拥而至，还是问昨天在机场问的问题。我说，前年我提前离台的时候，记者朋友问我，我还会不会再来台湾，我当时就说过，我还会再来的。今天我不是来了吗？可见我是言而有信的。我此行是来参加研讨会的，也请记者朋友们多报道研讨会。

研讨会开幕式上，海基会董事长江丙坤、实践大学董事长谢孟雄、促进中国现代化学术研究基金会董事长梅可望和我先后发表演讲。

就在我演讲时，又出现了一年前我在台南艺术大学研讨会上发生的闹场小插曲。混进会场内的民进党台北市议员童中彦突然站起来。举起抗议牌子，牌子上写着"践踏台湾司法"，并高喊"张铭清不是来开学术会的"。当然，有备而来的警察一拥而上，把他架出会场。媒体一看有了新闻热点，便一呼隆跟出去了。当晚，我在酒店电视上看到，他被警察推出会场后，警察叫他离开，他不走。问他想干什么？他说要等媒体，等他们来照相了我才走。看到围上来的记者，他高举自己制作的牌子，对记者喊叫"你们快过来照""我要为我大哥王定宇讨公道，在判决他的法庭上，张铭清不出庭，是不尊重台湾司法，是践踏台湾司法。"

看到这一幕，坐在我边上的江丙坤董事长很忧虑地说，台湾媒体恶质化，已经沦为这些闹场的人的曝光的工具。他有一次陪马英九去日本，抗议者制作了一个马头，对着马英九砸马头。台湾去的记者居然不拍马英九的活动，只拍抗议者，使日本朋友大惑不解，感到很惊讶。谈到我在台南遇袭的事，他说，你是来参加研讨会的，可是媒体不报道研讨会，只为了搏眼球，成了王定宇他们打自己选举的知名度的造势工具。

因为童中彦的闹场，影响了研讨会的进程。从会场出来，记者追问我"有没有被刚才的闹场吓到"，我笑了笑说，"10·21"

那阵势比这厉害多了，已经都领教了，我的神经还不至于那么脆弱。

4. 阳明书屋见闻

下午，海基会安排我去参观阳明书屋。名为书屋，实际是蒋介石与宋美龄的"行宫"。作为台湾的第一的天然名胜，这里山好、水好。因为阳明山曾是一座火山，所以处处有温泉，而且有利于养生的丰富矿物质。

阳明书屋原名为"羽园"，是日本强占台湾期间，日本土豪山本信义的产业，日本投降后，被台湾的财主买下来献给了蒋介石。

自从"西安事变"后，蒋介石对自己的安全极为重视。到台湾后到处选择安全地点，最后确定在此。此山原名草山，蒋顾忌"草"字，为避免"落草为寇"之讥，加之他特别崇拜王阳明，于是改名阳明山。

从1968年到1971年，台湾当局花了三年时间按照"国宾馆"的标准在山顶建造，称为"中兴宾馆"。原来是为接待美国等"建交国"的国家元首使用，不料建成后，遇到联合国恢复中国政府在联合国的合法席位，驱逐了台湾的代表，接着中美建交，国际上出现了与台湾当局"断交"的连锁反应。"国宾馆"没有了"国宾"，只好改作蒋介石与宋美龄的"行宫"，为了安全和掩人耳目，尽管与书屋名不符实，对外以"阳明书屋"称之。

从防空考虑，此处的建筑一律饰以绿色，与山体的颜色混为一体。在园林深处，"阳明书屋"四个字并不醒目。

阳明山地势险要，到阳明书屋只有一条路可通，但是，按蒋介石万无一失的要求，里三层、外三层，戒备达到密不透风的程度，称为军事堡垒亦不为过。院内外处处摄像头，隐藏着500多人的军警和指挥所，大部分主体建筑设在地下。室内地下有复杂的宽敞的地道相通，不仅可以行人，还可以行驶军车和坦克。地上处处明岗暗哨和碉堡，连下水道、排水口下面都设有可以容纳两个人的暗室，埋伏了狙击手和警戒设施暗道和暗哨，24小时有暗哨警戒。对越过警戒线的人立即击毙。此外还有一个童子军营和近十条大狼狗的军犬区。

三层别墅的一层的正厅，悬挂着孙中山和蒋介石的合照和蒋介石的巨幅照片。边上有宽敞的大会客室，宴会厅，军事会议室。走廊里有台湾儿童拥护热爱蒋介石的宣传画，以及"服从最高领袖，光复大陆国土"的对联。

二楼是最高级别的机要室，据说连蒋经国都不能进入。蒋、宋各人一间卧室，中间隔有走廊。走廊很宽，因为蒋、宋都信奉基督教，所以还设有祈祷场所。据说，因为两人休息时间不同，蒋介石作息时间很有规律，宋美龄则不然，为了不影响对方休息，所以互不干涉。宋的独立卫生间，即便是没有人，蒋也不能进入。两人的书房也是各人用各人的。

宋美龄的画室宽敞、采光效果好。四壁墙上挂的画作据说都是宋美龄所作。不管是画室的设施和画作都达到专业水准。据说，她到台湾后，拜张大千等名画家为师认真学画，并达到专业水平。有人说她的画作是别人代画，可能不实。

5. 来自北京的关心

晚上，海基会设宴接风。除了海基会董事长江丙坤、副董事长兼秘书长高孔廉、副秘书长高文诚等领导外，国民党政要和各个方面的朋友都出席了。

宴会后，有人给我传话：北京的领导天天看我在台湾的电视和来自台湾的报告，对我转达四条意见：1. 安全第一，加强安全防范，减少外出。2. 要求台湾有关方面的维安外松内紧，不要给人产生如临大敌的阵仗。3. 行程可以根据情况自行调整，一切由我视情而定。4. "家里人"完全充分掌握我在台的情况，会视情采取因应措施，保证我的安全万无一失，让我放心。

听到转达，我心里情不自禁地涌起了感动的热浪。我尽管与"家里人"远隔海峡，但是，时时刻刻在他们关心的目光下，分分秒秒在他们的保护之中。我请传话人转告"家里人"，感谢他们的关心和提醒，我一定按照这四条意见办，请"家里人"放心。

6. 与将军们喝早茶

正应了当年离台时，雷倩女士送的花篮缎带上的那句话："记住，您在台湾有无数的朋友"。要求见面、请我餐聚的朋友越来越多，一日三餐都排满了还无法满足他们，我只能一一婉拒。非见不可的朋友，也常常发生冲突。

8月3日一早，许历农上将等十几位将军就来到圆山饭店。他们是我列入安排日程的朋友。原来他们安排在另一家五星级饭店的晚餐时间，我与他们商量：因为一天到晚的活动和三餐都排满了，到另外的饭店一是时间不允许，二是因为警卫方面已经做了周密的维安安排，警方也不会同意，不如就在圆山饭店见。晚上更是由海基会早就在接待计划中安排了，而且客人都是各方官员，不能改变。因此约定在圆山饭店喝早茶。

因为昨晚几乎一夜未眠，起来迟了。我急急忙忙赶下来，与将军们一一握手致意。刚刚坐下来，就听到警察在阻挡一位要求见我的来客，一会儿警察过来对我咬耳朵，说是佛光山星云大师派来的慈容法师，有要事见我。

早在 2008 年 8 月北京奥运会期间，国民党主席连战率领台湾知名人士参访团来北京。8 月 8 日，奥运会开幕后的第二天，全国政协主席贾庆林在人民大会堂宴请参访团一行，由国台办主任王毅和我作陪。席间，我们向参访团成员敬酒时，第一次见到星云大师。他称在台湾经常看我的新闻发布会，可以说是神交已久，他热情邀请我下次赴台一定要去佛光山看看。我当时答应他"一定去"。当年 10 月 21 日，我在台南遇袭后，他就派佛光山的法师到台南接我去佛光山，并托来人带话"佛光山绝对安全！没有一个人敢到佛光山施暴"。我向来人表达了对星云大师的盛情安排感激之情，因为我已经决定明天提前离台，等下次来台时我一定安排时间去参拜大师。

我这次来台的消息传开后，我还在北京，他就打电话要我"信守承诺，一定要来佛光山"。因为电话不便多说我此行的计划只在台北，就回答他，到台湾后再联系。我到台湾的当天，他就来电话与我约定去佛光山的时间，我只好如实相告，这次来台没有南下的规划。他非常遗憾地表示理解，最后他还十分惆怅地说了一句"难道请你喝稀饭的一点时间都没有吗？"我只好再次向他道歉。按理，此次我们无法见面的话都说清楚了，那么，他为何今天又派人来呢？既然如此，一定有事。我请警察让来人进来。

慈容法师一见到我刚好要与将军们喝早茶，非常不好意思地双手合十道了句"阿弥陀佛"，接着当着大家的面说：大师得知张会长此行不能去佛光山，非常遗憾，昨晚一整夜没有睡好。今天一大早，3点多就起来，说要到台北道场请张会长喝碗稀饭。大师已经在台北道场恭候会长了。

这突如其来的变化，我没有任何思想准备，将军们和我一样面面相觑，一下子愣住了。按理说，耄耋之年的星云大师不良于行，还下半夜从高雄几个小时的颠簸来到台北邀我"喝稀饭"，我没有任何理由拒绝。但是，十几位将军约了好几次，好不容易的早茶还没有开始就走人，也太没有礼貌了吧。我就是想要拍屁股走人，也开不了这个口啊。

还是许历农上将善解人意，他站起来说："星云大师大老远颠簸了半夜来台北，让他老人家白跑一趟，我们也于心不忍，我看这样吧，这个早茶呢，我们算是喝了，就别让张会长为难了，星云大师还在道场等着他，还是请张会长去和大师喝稀饭吧。"我赶忙站起来，向各位将军抱拳致歉，向警察说明原因，得到他们的理解和配合，一起来到了佛光山在台北的道场。

因为许将军们把早茶时间让给了星云大师的稀饭，第二天一大早，将军们就来到了圆山饭店"补课"。将军们盛情难却，我只能恭敬不如从命了。

正如星云大师的"稀饭"一样，绝不是吃饭，主要是谈事。将军们的早茶也不例外。因此，虽然时过境迁，吃的什么早茶在记忆中早已荡然无存，但许将军的一席话还是记忆犹新。

许将军那时的身份是新同盟会会长（以有别于孙中山领导的同盟会，会员都是退居二线的国民党军政人员），一同前来的有副会长陈志奇，副秘书长王守愚等人。

送走将军们，我感到一身轻松，也颇有感触，两岸的事还是要面对面交流，不能道听途说。冤家宜解不宜结，死结也是宜解不宜结，三人成虎的古训要记取，尤其是涉及两岸的敏感话题。

7. 星云大师的稀饭

从圆山饭店到台北道场约 20 分钟车程。还没下车，就看到星云大师在道场门口等候。我连忙小跑过去，双手合十，向大师致谢，慈眉善目的大师眉开眼笑拍了拍我的手，携手走进餐厅。

星云大师的稀饭名副其实，就是稀饭配四小碟咸菜。但是谈话的内容却是丰盛的：1. 在江苏宜兴修建的祖庭已近尾声，最近可以开光，因为他祖籍扬州，希望按照宗教部门的规定同意他担任住持，因为他是在此地出家的。2. 办扬州佛学院，允许招收居家学生，而且河南已有先例。3. 他在9月率团到上海、南京参访，希望当地负责人出面接见。4. 我下次来台一定要去佛光山。5. 台南市长托他捎话，下次到台南将组织5000人欢迎，举行入城式，以对上次遇袭的补偿，绝对保证安全。

对大师的要求，我表示一定带回去向相关部门报告，并把结果向他通报，下次来台完成相关任务后，一定再留出至少一天时间到佛光山，保证言而有信。分别时，我赠他"人间佛教"的条幅，这也是大师倡导的佛教宗义，由北大书法家谷向阳书写。他回赠我由他亲笔书写的竖向条幅"应是无畏"，这四个字颇有深意。因为条幅是裱好了的，体积较为庞大。他似乎看出我面有携带不便的难色，赶忙解释道，请您放心，无须你携带，我们会包装好托运给你。我谢谢他考虑周到。

吃过星云大师的"稀饭"，我按照日程来到海基会，就两会交流项目进行对接。海基会副董事长兼秘书长高孔廉、副秘书长高文诚、文化服务处处长孙起明、综合处处长黄兆平参加。一进海基会大楼又被记者包围。他们关心的还是台南遇袭的相关话题，我简单做了答复。

8. 夜读《归返》

实践大学董事长谢孟雄赠我他的父亲、曾担任蒋介石副手的谢东闵写的自传《归返》和他本人的著作及和平摄影集。

回到下榻的圆山饭店，仍然是从饭店内外到房间的门口，戒备森严。我对警察们道谢，感谢他们日夜操劳的辛苦，并说我晚上不会出门了，请他们多多休息。

回到房间翻阅谢孟雄董事长赠我书籍，一下子被他父亲的《归返》所吸引，居然读到凌晨3点，读完了这本令人感动的自传。

谢东闵在书中谈到，在1976年"双十节"活动回家后，收到一个他亲启的包裹。当他打开包裹时发生爆炸，他身受重伤。因为时值活动散场，交通阻塞，等到送到医院，因失血过多，陷入昏迷，差点丧命。后来破案，原来是一个"台独"分子寄给他的炸弹。案犯作案后，即逃离台湾到美国躲避。一年后，谢先生康复上班后，有一对老年夫妇求见，被警卫阻挡。原来他们是寄炸弹包裹的案犯的父母。当谢先生了解情况时，把他们请到办公室。这对老夫妇一进门就跪地谢罪。谢先生把他们搀扶起来，请他们喝茶，并表示，过去的事就不要提了。等儿子回来后，要教育他不能干违法犯罪的事。他还请工作人员为这对老夫妻买了回家的火车票，送他们上车。使得老两口感动不已。

看完这一情节，我夜不能寐，想了很多。先是深为谢先生的大度胸怀所感动，再联想到两岸几十年的恩恩怨怨，是不是也应该学习谢先生的大度胸怀，"度尽劫波兄弟在，相逢一笑泯恩仇"呢？如果都是睚眦必报，冤冤相报，以血还血，以牙还牙的恶性循环下去，这个死结只能越结越大，无法解开。

9. 研讨会闭幕会上的感性讲话

下午2点，研讨会在实践大学闭幕。我的讲话从离京时，儿子称我此行为"凶险之旅"谈起，事实证明未必如此。我昨晚读了谢孟雄董事长赠我的他父亲的自传《归返》，直到凌晨，读后辗转反侧，浮想联翩，难以入眠。谢东闵先生对要置他于死地的罪犯的父母宽宏大量，令人动容。他的夫人潘女士为了先生的健康，强忍泪水，反而谈笑风生，幽默风趣宽慰丈夫，表现了中国传统家庭贤妻良母的风范。

我又谈到南非黑人领袖曼德拉在被关押 28 年，出狱时看到一个白人孩子，紧紧抱了起来。他在总统就职典礼上，特意把看守他二十几年的狱卒请到主席台上，与各国元首一起参加他的就职典礼。他对那些大惑不解的人们解释道，是这些辛苦陪伴他的狱卒，使他改变了暴躁的坏脾气。他说，如果我还记住 28 年的怨恨，虽然我人走出了监狱的大门，但我的头脑还没有走出去。

大家知道，我在一年前在台南受了些委屈，我是不是要把这些委屈记一辈子呢？我看大可不必。对待怨恨有三种态度：一是冤冤相报，以血还血，以牙还牙，二是君子报仇十年不晚，三是以德报怨。我们两岸几十年的恩恩怨怨，是不是也应该学习谢先生和曼德拉先生的大度胸怀，"度尽劫波兄弟在，相逢一笑泯恩仇"呢？如果都是睚眦必报，冤冤相报，以血还血，以牙还牙的恶性循环下去，这个死结只能越结越大，无法解开。

我的讲话得到与会者热烈反响。梅可望理事长大步走过来给我一个熊抱，拍着我的后背连声说："讲得好，讲得好！你是当之无愧的中国第一演说家！"谢孟雄董事长则在讲话中不住称赞我的讲话高屋建瓴，情真意切，不乏"学者风范""知识面广""过目不忘"等溢美之词。台湾红十字组织负责人李庆平（其父是国民党大佬李焕）走过来对我说，他把我的讲话全程录像，不仅自己感动，还要去感动更多的人。如果两岸同胞都能秉持这样的态度，两岸关系改善有望，国家统一有望。

10. 海基会答谢宴会

当晚，海基会在喜来登饭店举行答谢宴会。国民党副主席林澄枝（其夫是谢孟雄董事长）出席。宴会开始后，他们仍然谈论我下午在闭幕式上的讲话。席间梅可望理事长对我说，因为与会者有不少人文学者，他们知道我的新闻专业背景，他们希望与我谈谈两岸人文学科的交流。我说没有时间了，梅先生却不依不饶，非要我说几句话。

我说，听说在座的有不少人文学者，梅先生给我出了个题目，让我和同行讲几句话，恭敬不如从命，我只好勉为其难，班门弄斧了。我从邓小平的改革开放政策成为中国经济腾飞的指导思想，改变了中国，为世界经济做出了巨大贡献谈起，再谈到杂交水稻之父袁隆平的巨大贡献。是邓小平的人文科学贡献大，还是袁隆平的自然科学贡献大？答案是不言而喻的，所以各位人文科学学者不要认为自己的专业不如自然科学专业贡献大，不能妄自菲薄！

席间，主持人郭先生对我说："郐智源（在台湾中天电视台模仿秀节目模仿我的艺人）一直要来看你，我没有答应，现在他已经来了，能不能让他进来？"因为我与他在北京见过面，前年我到达台南的当天晚上，他就不请自来到饭店看望我。在我遇袭后，他又在模仿秀节目里讽刺挖苦王定宇说，"张先生恐怕不大懂得我们台南人的习惯，我们都是习惯用拳头来迎接客人的"。既然他已经来到了门外，我没有理由拒绝他。

他进来后，正在与我寒暄时，宴会厅突然响起"小郐来一个"的喊声，主持人也跟着起哄："你天天在模仿秀里模仿张会长，现在本尊来了，你何不当着本尊的面再来一段，请本尊看看到底像不像？"

小郐盛情难却，只好硬着头皮上台来了一段。主持人问大家"像不像？"有人说"像"，有人说"不像"。他说，像不像还是请本尊一锤定音，把球踢给了我。说实话，我心里认为不像，但又不好让小郐下不来台，只好违心地说"像"。看到小郐露出笑容，我心里想，要听到真话还真是不那么容易。

参访雾峰林家

8月4日，结束了台北的行程前往台中，应雾峰林家第八代林芳瑛董事长邀请，拜访仰慕已久的雾峰林家。

雾峰林家是台湾首屈一指的名门望族。林文察、林朝栋、林祖密、林正亨等几代英烈，是两岸公认的清末民初台湾具有重大影响的家族。我在国台办工作期间对林献堂和林祖密为主角的电视剧"雾峰林家"做过考察，编剧要求我此次到雾峰林家实地考察，以便对剧本提出修改意见，同时，征求雾峰林家对此剧的要求和建议。

1. 满门忠烈

雾峰林家建于1864年（清同治三年），宅院坐落于台中市雾峰区民生路42、28号。菜园路91号是雾峰林家在原籍台中市雾峰区的旧有宅邸、庭园的总称。

马英九曾为雾峰林家题写过"百代台湾历史，三代民族英雄"的条幅，是对满门忠烈的林家中肯的评价。

1746年从福建漳州到台湾定居雾峰林家在台湾与基隆颜家、板桥林家、鹿港辜家、高雄陈家并称五大望族，而且是最有权势的家族。从清代中叶后的200多年里，这个家族在经商、军功、文教等方面都人才辈出。

林家第五代林文察是驻军福建提督，授太子少保，在闽、浙、赣与太平军作战，在漳州万松关殉职。

雾峰林家第六代林朝栋，在1884年抗击法国侵略战功优异立功，受清政府赐官表彰，官至二品。协助巡抚刘铭传办理新政，他统率的"栋军"是台湾最强大的抗日力量。

雾峰林家第七代林祖密是林朝栋之子，抗日名将，长期追随孙中山革命，与蒋介石同时授陆军少将军衔，被孙中山委任为闽南军司令、大本营参议兼侍从武官。在日本殖民统治台湾后，置台湾万贯家财于不顾，愤然退出日籍，恢复中国国籍，举家迁回厦门，家财被日本没收也义无反顾，誓死不向日本统治者妥协。1925年他被北洋军阀杀害时才48岁。

雾峰林家第八代林正亨是林祖密之子，毕业于黄埔军校前身南京中央陆军军官学校，投身军旅，在缅甸抗日远征军中，英勇作战，出生入死，身负16处重伤，曾经命悬一线。抗战胜利后，以残疾之身，加入共产党，回到台湾从事秘密工作。

1949年8月18日，林正亨在台北被捕后，台湾当局鉴于雾峰林家的影响，以"只要在悔过书上签字就可以释放"为条件诱降。林正亨拒不悔过，坚贞不屈，大义凛然，被判处死刑。绑赴刑场时，一路高呼"祖国万岁！人民万岁！"于1950年1月英勇就义时才35岁。林正亨壮烈牺牲后，妻子沈宝珠携子女来到北京。

1983年，国家民政部向林正亨家属颁发"革命烈士证书"。其子林为民在北京台联工作。

2. 林献堂与五桂楼

中午时分，到达雾峰林家。林献堂的孙媳林芳瑛董事长带领林家亲属在门口列队欢迎。早已获悉我来雾峰林家消息的记者们也与欢迎队伍一道迎候。

1925年遇害的雾峰林家第七代林祖密是林家最后一位军政官员。1893年，林家开始转为文学世家。雾峰林家第六代林献堂是林朝栋的堂弟。在日据时代，他坚守和弘扬中华传统文化，坚持民族传统生活方式，不说日语，不穿木屐，以领导台湾民众开展非武装抗日，被誉为"台湾议会之父""台湾民族运动领袖"，被全台网络票选为"一百年来台湾第一人"，在台湾有着崇高的历史地位。他的《环球游记》脍炙人口，《灌园先生日记》是最重要的历史文献。他与父亲林文钦都喜欢文学、戏剧和美术，对建筑装修亦感兴趣，他设计建设的"菜园"是台湾园林的代表。

接着，我们参观了林宅五进房、宫保第、"林献堂文物展览室"和他设计建设的台湾园林的代表"菜园"，五桂楼原址。在与林家亲属座谈时，我很赞同马英九对雾峰林家"百代台湾历史，三代民族英雄"的评价。林家三代人不管是投身军旅反抗外国侵略者，还是继承发扬中华民族优秀传统文化都做出了杰出贡献。我们今天就是要学习、继承、弘扬他们爱国主义的优良传统。

林芳瑛女士说："阿公（祖父林献堂）7岁开始接受私塾的启蒙教育，国学造诣深厚。阿祖（曾祖父林文钦）对他影响很深，促使他长期投入台湾民族运动。他早年就组织栎社，开展非武装斗争，被岛内各诗社、文社尊为'迷茫年代的掌灯人'。1921年，他和蒋渭水等人在台北成立台湾文化协会，对民众进行思想启蒙，激发台湾民众的抗日意识。为了打破日本人的金融垄断，他参与筹建'大东信托株式会社'，出任董事长。为了抵制日本的殖民教育，推动台湾政治改革，他把每年的大部分收入用于资助社会活动和优秀学子出国留学，只留下小部分维持家用。他自己艰苦朴素，袜子破了都舍不得丢，要求一补再补。"

下午，台湾省咨议会咨议长李源泉、秘书长李雪津陪同参观议会博物馆，听取议会相关议事、质询程序和历任议长、议员的情况。在地震博物馆，3D 视频再现了 1999 年"9·21"大地震中地动山摇、断垣残壁等惊心动魄的场景。

3. 两岸五桂楼百年传佳话

位于"菜园"的五桂楼，是林献堂之父林文钦于 1893 年所建。楼前种植五棵桂树，寓意林家五兄弟同富同贵。1905 年，林献堂改建为具有西洋风、台湾味的尚洋楼。

1907 年，林献堂就与梁启超书信往来。1911 年梁启超携长女来台湾访问，在雾峰林家五桂楼住了五天。他与林献堂在这里彻夜长谈，共商非武装抗日大计。梁启超在此小住时曾写下赞赏五桂楼美景的 12 首《菜园杂咏》。1913 年，孙中山、黄兴等革命党人发动"讨袁"，林献堂立即回到大陆，由梁启超引见，结识了许多政界名人，共商两岸抗日大计。

五桂楼在"9·21"大地震中倒塌，马英九执政后，拨付 5 亿新台币修复，尚未完成。

林芳瑛等林家后人，希望在北京仿建五桂楼，续写林献堂就和梁启超两岸交流的佳话。希望得到大陆有关方面的支持。我表示，我一定把林家的愿望带回去向有关方面反映，竭尽全力促成。

回到北京后，我积极奔走有关方面，得到各方的大力支持。在北京台联工作的林正亨之子林为民更是积极奔走。两年后，林家的愿望得以实现。按照台湾五桂楼在北京石景山台湾街仿建的五桂楼竣工。我应邀出席了落成典礼。

2013年5月，由中华文化促进会主办、雾峰林家协办的"林献堂抗日事迹陈列馆"举行开馆仪式，主持人、馆长就是林正亨之子，在北京台联工作的林为民。

时任全国人大常委会副委员长周铁农、台中市副市长蔡炳坤、梁启超和雾峰林家的后人等两岸嘉宾一百多人见证了两岸交流续写的一段佳话。国民党荣誉主席连战、立法机关负责人王金平等台湾知名人士发来贺电、贺信和题词。

在林献堂抗日事迹陈列馆里，林芳瑛女士一再感谢北京有关方面的大力支持，才促成了北京五桂楼的仿建成果。她激动地说："先祖林献堂与梁启超先生100多年前交往的事迹，在100多年后能够通过五桂楼在北京展览重现，这是多么值得回味和纪念的事情。北京五桂楼虽然在规模上要比台湾的林家五桂楼略大，但建筑风格是一样的。这是两岸文化交流的成果。
这个展览从另一个角度反映了台湾的抗日史，能够让两岸的年
轻人更详细地了解历史源流，对增强年轻人的中华文化历史观，
两岸携手振兴中华有重要意义。希望北京的五桂楼和台湾雾峰
林家花园的五桂楼之间，能够继承林献堂、梁启超两位先贤的
精神，成为两岸走向文化学术互动的平台。"

台湾南部行程

1. 驱离抗议与生日快乐

离开台中的雾峰林家后，下午 6 时到嘉义市，入住耐斯王
子酒店。嘉义市警察局长杨源明代表市长黄敏惠迎候，并说明
黄市长是国民党副主席，在高雄出席国民党中常会，委托他代
表欢迎我们一行来嘉义。

警察局长杨源明告知，在我们到达嘉义前约 5 时许，"独
立建国党"60 多人开着广播车在饭店抗议。嘉义市警察局出
动 200 多名警察已将他们驱离了。他还告知，在我们到来之前，
"警政署"与嘉义市警察局制定了"万安计划"，按照台湾地区
领导人的规格警卫，已经做了周密部署，确保我们在当地活动
万无一失。我为给他们添麻烦表示感谢和歉意。

晚餐时，突然看见服务员端上蛋糕，我问是何道理？王耀华说，酒店在办理入住手续时，有心人从我们采访团员的证件上发现，我们团员中有四个人是8月份生日，分别是4日、6日、7日和15日，于是专门外买了生日蛋糕，为他们过生日。这使自己都忘记了生日的四位"寿星"既感动又激动，万万没有想到自己会在台湾过生日。在大家"祝你生日快乐"的歌声中，他们连连道谢！我还建议他们向操办生日蛋糕的有心人敬酒感谢。餐后，他们还打电话告诉家人，在台湾过了非常有意义的难忘的生日。

进入房间时，我发现大堂门口内外、走廊、电梯口，到房间门口都是警察布岗，窗外望去，酒店的道路停放着警车，简直像戒严一般，不由得五味杂陈。警方以如此大的社会成本防范，使我十分不安。他们也是听从上面的指令行事，不敢再有差错，可以理解，也无可奈何。

2. 茶亦醉人，文能香我

因为著名的台湾阿里山就在嘉义市。媒体根据以往大陆参访团必去附近的阿里山惯例，都想当然地在阿里山"布访"。可是我们到达嘉义后的第二天，却来到南投县鹿谷乡的台大林业教学基地。

基地由台大生物资源和农学院试验林管理处管理。在日据时期引种的柳杉林一片青翠，已经成为台湾的旅游热点。因为有一株3000多年树龄的神木是一大景观，所以游人如织。警察当然不敢怠慢，在我们乘坐的电瓶车前后都有警察护卫。

在一处饮茶室小坐时，我被经营茶室的一对夫妻认出来。他们热情好客，也不忘连连道歉，称我"大人大量，不要和那些小人一般见识。我们还担心你不来了呢，今天看到你特别高兴"。小两口拉着照相，还说要把照片放大，挂在正面墙上。同行的王耀华执行长开玩笑说，"那样，你这个茶店一定火！赚了钱，不要忘记给张会长送茶叶哦"。我赶紧摆摆手说，"王先生跟你开玩笑呢，千万不能当真"。因时值正午，他们一定要留我们吃午饭，我们谢绝了他们的好意。我说，欢迎你们到大陆看看，到了北京不要忘了联系我，我要请你们吃饭的。

同行的北大谷向阳教授是书法家，兼任中华楹联协会副会长，我请他给茶室写副楹联。他随带纸笔，即展纸濡墨，龙飞凤舞，下笔成对："茶亦醉人何需酒，文能香我不须花。"大家对谷教授的才情热烈鼓掌。王耀华执行长故作严肃，对小夫妻说，你们今天可遇到贵人了，张会长的照片，谷教授的墨宝可是千金难买啊，你们这个茶店赚了大钱可别忘了我啊！

3. 日月潭边的噪音和笑语

没有去阿里山，不可不去日月潭。当天下午，我们来到日月潭。在前后承担警戒任务的快艇中，我们乘游艇上缆车。按景区的规定，下午3时缆车就停开了，我们4点才到，缆车破例延长了一个小时。因为时间关系，又遇小雨，我们在九族文化园、光华岛、涵碧楼匆匆一过，傍晚就到长荣桂冠酒店入住了。

酒店总经理骆鸿荣在门口迎接。他告诉我，就在我们到达前一个小时，有民进党和"独立建国党"的几十人在酒店外集结抗议，已经被警察驱离了。现在酒店内外都布了岗，闲散人员不得进入。因为有人抗议，也吸引了媒体在这里守候。等我们入住酒店时，他们在警察的警戒线外高声喊叫。因为没有什么采访的内容，我们都没有理睬。

因为昨天在嘉义参访团的四位"寿星"过了很有意义的生日，所以大家议论应该向梅可望理事长表达谢意。怎么表达呢？我指了指谷向阳教授说，昨天大家都欣赏了你的文采和书法了，何不请谷教授写一幅字一表心意呢？大家都说言之有理。

谷教授也欣然接受。在谷教授龙飞凤舞的笔下，一幅把梅可望理事长大名嵌在里面的条幅一挥而就："可得梅魂能上善，望能仁寿可延年。"在大家的掌声中，我代表全团，把条幅敬献给了梅老。

接着，大家以谷教授的条幅为话题交流。梅理事长建议谷教授来他们的发展研究院办书法展，我建议台湾也成立楹联协会，两岸的楹联协会可以对口交流，共同弘扬中国书法文化。因为听过我的几次演讲，梅老谬夸我是两岸第一流演说家，并很认真地要聘请我担任他们的发展研究院的名誉院长。我连忙摆摆手说："梅老，没有喝多吧？你这玩笑可开大发了。"

晚上，王耀华与嘉义市警察局长杨源明来看望，谈到梅老曾经是台湾警察界的大佬，现在在警界工作的干警都是他的晚辈。这次你来"警政署"的"万安计划"就明确了，在哪里出事哪里的警察局长自动辞职，不辞就撤职处分。加上梅老是我们的老长官，我们怎敢怠慢，这次的"万安计划"我们出动了200多名警察，在外围还有便衣巡逻。我连连道谢"真是辛苦你们了！"杨局长笑了笑："你出了事，我没有办法向上级交待，也对不住我们的老长官啊！"

4. 现代化的中台禅寺

8月6日，参访团来到中台禅寺。惟觉大和尚率一众和尚列队相迎。惟觉祖籍四川，在座谈会上，他谈到佛学研究需要高层次人才，所以中台禅寺送有条件的和尚到川大攻读硕士、博士，希望两岸在佛学研究上有更多的合作，毕竟大陆是中国佛学的根基所在。

37层的禅寺一改我们对寺庙平面布局的印象，这个寺庙从大雄宝殿到顶层藏经阁，等于整个把传统的平面布局给竖立起来了。惟觉介绍，设计师李祖源是台湾标志性建筑 101 大楼和上海世博园台湾馆的设计大师。不仅建材讲究，很多从国外进口，高科技的声、光、电亦别具一格。

5. 慈济功德会听证严说救灾

坐落在花莲的慈济功德会，因上人证严法师的慈善事业名闻遐迩。尤因在"5·12"汶川救灾的表现为人称道。8月7日上午，我们怀着感恩的心情前来拜访。

慈济功德会执行长王端正在慈济大学迎接我们，带我们参观了介绍证严出家以及行善事迹的博物馆。

证严以聚沙成塔的精神，由一人捐献 5 毛钱起家，从发现一流产的产妇一摊血开始做慈善，发展到集医院、教育、人文、环保等综合经营的台湾最大的慈善事业。慈济功德会副执行长王碧玉从台北赶到，带我们到静思精舍拜见证严上人。王女士告诉我们，上人近两年身体欠佳，都足不出户，今天听说我们来拜访特意安排见面。还没到精舍时，远远地看见证严上人已在门口迎接我们了。王女士喜出望外，近处的游客也欣喜若狂地喊"上人安好！"因为上人几年足不出户，他们好几年也没有看到她了，见她罕见地站在门口，怎么能不高兴呢。

我们快步走向前去，向她合手问安。在会客室，我感谢慈济功德会在华东水灾的时候捐赠大量的衣物，救了灾民的燃眉之急。王女士介绍，上人特意交待捐给灾民的衣物、被子必须是"三新"（被里、被面、棉胎）标准，救灾物资必须亲手送到灾民手中，不许经过中间环节。在没有把所有的救灾物资送到灾民手中前，虽然已是冬天，上人也不穿毛衣，坚持与灾民感同身受。直到接到最后一件衣物送到灾民手中的消息后，她才肯穿上毛衣。王女士还播放了慈济功德会在2006年华东水灾的时候捐赠大量的衣物的视频，一幅幅画面，展示了台湾同胞对大陆灾民的手足之情。

慈济功德会创办的大爱电视台有上人"多闻益智慧"的开

示栏目，教育民众不光学知识，重要的是养成智慧的人格，这才是教育的真谛。通过做善事，实践大爱，使人生从自然、功利、道德，到达天地境界。听上人的一席话，真有醍醐灌顶，胜读十年书的感觉。王女士告诉我们，上人能滔滔不绝讲 40 多分钟，还从来没有过。我们赠给上人"上善若水"的条幅，我解释说，以上人为代表的慈济人行善若水，无处不在，利万物而不争。

上人不顾我们的劝阻，坚持把我们送到门口。在门口附近聚集的群众看到几年未见的上人激动不已，流着眼泪欢呼雀跃。上人和她的慈济功德会威望可见一斑。

王碧玉副执行长就慈济功德会在苏州设立办事处和在厦门办演唱会的进展与我交换了意见，我表示回去后与相关方面协调，力争促成。

6. 两蒋文化区

8 月 9 日，梅老要求单独与我就第 16 届中国现代化研讨会的安排交换意见。地点由他定。9 时许，我们乘车来到一个四合院，在会客室就相关事项交换了意见。此时，一个警官模样的人来给梅老敬礼。梅老指着他介绍，来人是他的下属，现在在两蒋文化区负责。来人热情相邀去两蒋文化区看看。

此处是两个四合院，门口有礼兵持枪站岗。正面的厅里有两个黑色大理石棺椁，正面有两蒋的照片。蒋经国的棺椁边上有一个小棺椁，是他夫人蒋方良女士的。

刚才我们交谈的会客室是蒋经国为蒋介石守孝一个月的卧室。对面一间是按蒋经国生前的办公室原样摆放的。正面有蒋介石和原配毛福梅的照片和蒋介石写的"以国家兴亡为己任，置个人生死于度外"对联。

院外的空地上，有一大片蒋介石的半身和全身的塑像。据介绍，在陈水扁执政时，民进党把各处蒋介石的塑像几乎全部拆除。马英九上台后，担任桃园市长的朱立伦把被拆除的蒋介石的塑像收集在这里。

回到住处，警察局杨局长告，有一位自称台湾旅业公会理事长许淑玲的代表，受许女士之托一定要面见我。因为在汶川"5·12"地震救灾时，我到灾区寻找最后一批 14 位来自彰化的游客，送他们上飞机安全返台。他们在我台南遇袭后给我写信寄酥饼。带队的许淑玲当时也是千恩万谢，在我提前离台时通过酒店经理发短信向我致谢。此后，几次打电话关心我的身体恢复情况，逢年过节都发来贺卡祝贺。来人说，许淑玲得到我来台的消息，本来安排来看我的，只因为陪湖南省领导在外地参访，不能来看我，特意托朋友来看望。我向来人转达对许女士的几年来对我的关心的谢意，也希望她以后到大陆时再见。

7. 首都机场被问"保镖"

8月9日下午2时到桃园机场。促进中国现代化学术研究基金会董事长梅可望、执行长王跃华、海基会孙、刘两位副秘书长送机。

警察局杨局长带我到长荣董事长张荣发专用的贵宾室候机。我感谢他们警察朋友几天来为了保障我们的安全日夜加班加点付出的辛劳。杨局长给我看他带来的一份"绿色"报纸，原来，刊登了一张警察向我敬礼的照片，并且在说明中上纲上线，说是警察向我敬礼是自我矮化云云。我一笑置之说，这是中国人起码的待客之道，只有带着"绿色"眼镜的人，才会有此奇葩的"自我矮化"的谬论，真是屁股指挥脑袋啊。难道向当年在台南一些人那样拳脚相向，砸车推人，恶言秽语，才是自我高化了吗？大家无奈地摇摇头。

4时许，长荣航空公司的客机起飞，7时半到达北京。在出舱门口，一位自称长荣航空公司的驻京办协理迎接我，关切地问服务是否满意？我感谢航班机组周到细心的服务，并称这是我历次乘坐的航班中得到的最好的服务，没有之一。协理连声"过奖过奖"，还问"你的保镖是不是一起走？"问得我一愣。我不解地问"什么保镖？""你这次去台湾没有带保镖吗？"我不禁哑然失笑"台湾警察局的200多位朋友，24小时把我围绕着，我从来没有受过这样的保护待遇，他们一直把我送上飞机，关上舱门，飞机滑行后，他们才撤岗，难道我还要带保镖登机吗？"弄得协理连声"不好意思，不好意思"。他以为，自从台南遇袭事件发生后，我到台湾一定是自带保镖的。

二、"10·21事件"后第二次赴台

两岸新闻颁奖会

1. 贴身保镖

2011 年 1 月 20 日,应台湾《旺报》邀请,赴台参加"首届两岸征文颁奖会"。这个活动是去年 10 月 15 日,《旺报》社长黄清龙专程来大陆邀请的。

上午 10 时 45 分,乘厦航 MF887 航班。12 时 25 分到达台北。与上次一样,一出舱门就有两台摄像机对准我拍摄,机场的警戒由航警局执行。《旺报》社长黄清龙等接机,住旺旺集团所属的神旺饭店。

一进饭店,看到从大门口到电梯、走廊、房间门口都有警察。感觉警戒比上次还严。黄清龙社长告诉我,除了台北警察局安排警力外,警方还要求旺旺集团自费请贴身保镖 4 人,在我住的房间门口和电梯口的四个人,就是旺旺集团自费请贴身保镖。

2. 蒋孝严的故事

当晚，旺旺集团总裁蔡衍明举行欢迎宴会。国民党副主席蒋孝严代表官方出席。

孝严先生是个有故事的人。他的故事来自他的身世。他和蒋孝慈孪生兄弟是蒋经国与其下属章亚若于 1942 年 3 月 1 日非婚所生。出生后由其外婆周锦华和舅舅抚养，并从母姓章。蒋经国曾向蒋介石、宋美龄报告此事，两人非常高兴，并按蒋家的"孝"字辈，为他们取名孝严、孝慈。在他们兄弟出生后的 8 月，其母章亚若被暗杀。据传是蒋经国的下级为了维护蒋经国的声誉所为。蒋经国闻讯后悲痛欲绝，凶手在事发后被处决。

尽管蒋家在公开场合没有认同他们兄弟俩的蒋家身份，尽管蒋经国直到 1987 年弥留之际才与兄弟俩私下晤面。但通过他的亲信下属王升暗中对他们关照。1949 年 5 月，两兄弟随外婆到台湾。蒋孝严在台湾党政、外事部门任职，蒋孝慈则走了学者之路，担任母校东吴大学校长。1994 年在北京大学讲学时突发脑中风，两年后于 1996 年 3 月在台北逝世。

为了认祖归宗，兄弟俩特别是蒋孝严一直进行不懈的努力。

直到 2002 年才如愿以偿，改章姓为蒋姓。已经 60 岁的蒋孝严感慨万千，将自己认祖归宗的酸甜苦辣的经历写了一本名为《蒋家门外的孩子》。这次见面，他把这个书签名后赠给我。我向他面谢后，提了个建议："蒋主席，您应该再写一本续集《蒋家门内的孩子》了。"他听后略有所思，说"嗯嗯，谢谢！我会认真考虑您的建议"。

后来，孝严先生退居二线，担任国民党荣誉副主席，还担任台商发展协会理事长，经常奔走两岸，热心推动两岸交流，我们还多次见面。每次见面，我都问及《蒋家门内的孩子》何时出版？他总是不置可否地一笑，似乎至今还未见问世。

接着他的讲话，我在讲话中以"旺"字展开，旺旺集团在两岸事业兴旺，蔡衍明总裁人丁兴旺，有六子四女，十全十美。集团创办的《旺报》在两岸发行，势头很旺。这次首届两岸征文得到两岸的大力支持，来稿踊跃，好稿云集，也是兴旺发达的成功的开端。

3. 重提对待怨恨有三种态度

1 月 21 日上午，举行首届两岸征文颁奖会。国民党副主席郝龙斌、海基会副会长许胜雄等各方面人士出席。台大大三学生曾家瑜写的《陕北窑洞婆婆》获一等奖。

因为进场时已被媒体包围，主持人《旺报》社长黄清龙解围说，不要耽误颁奖，颁奖后再安排集体采访。记者们仍然关心我是否去台南的行程，以及对遇袭事件的看法。

根据警方的要求，为了避免不必要的麻烦，希望我对后面去佛光山的行程保密。因此我只能对媒体打马虎眼，称下面的行程有关方面还在安排中，尚未确定。

此时，一位记者提问，他从去年我在中国现代化研讨会闭幕式上关于对待怨恨有三种态度谈起，一是冤冤相报，以血还血，以牙还牙，二是君子报仇十年不晚，三是以德报怨。我们两岸几十年的恩恩怨怨，是不是也应该学习谢东闵先生和曼德拉先生的大度胸怀，"度尽劫波兄弟在，相逢一笑泯恩仇"呢？如果都是睚眦必报，冤冤相报，以血还血，以牙还牙的恶性循环下去，这个死结只能越结越大，无法解开。

我对记者仍记得我一年前的讲话表示敬佩，提问的记者说"您那些话讲得好啊，大家都记忆犹新。我想问问您，你说的对待怨恨的三种态度中，你是属于哪一种态度呢？"我说，肯定不是前两种态度，我努力做到以德报怨。我结合这次两岸征文获奖的作品说，这次两岸征文，通过写对岸的所见所闻，从不同的侧面展示了人们前所未闻的对岸，对两岸同胞相互了解，沟通感情，消除误解很有意义。冰冻三尺非一日之寒。过去两岸几十年的敌对状态下，妖魔化对方，误导彼此所造成的隔阂需要通过相互了解，了解真相才能逐步化解。只要两岸同胞秉承两岸一家亲的理念，以善意化解敌意，以亲情融化仇恨，以真相澄清误解，就能拉近彼此的心理距离，化干戈为玉帛。

第二天，很多媒体刊登了我的讲话，有的还发表了评论，肯定了我的善意，称听了我的讲话如沐春风。

与星云大师续缘

1. 兑现对星云大师的承诺

一年前，在台北道场我答应过星云大师下次来台时，一定去佛光山拜访。此次来台的消息在台湾媒体报道后，大师在我到达台北之前就派出人员和车辆在台北等候。因此，我一到台北就对安排我行程的接待单位说明，改变原来他们安排的方案，参加完颁奖会后，我哪里也不去，坚决兑现对星云大师的承诺直奔佛光山，并向警方作了说明。警方表示，尊重我的安排，但是因为我改变原来的行程，他们原来的警戒方案也要改变，而且去高雄的行程全部由他们安排，不能交给佛光山。

我向来接我的佛光山人员说明，因为警方已经作了安排，请他们先回去向大师报告，何时到佛光山，乘什么交通工具去，我也不知道，都是警方安排的。等快到佛光山时，警方会告知已在佛光山布置警戒的高雄警方。

离开会场时，警方才告诉我，我乘坐的轿车跟着警车走。上车后，才被告知，乘坐台北到高雄的捷运去佛光山。为了安全起见，不能在台北上车，要到台北的下一站板桥车站上车。

车子直接开进板桥车站的月台上，车门对着捷运第一节车厢的车门，直接上车。上车后才知道，这一节车厢是临时加挂的公务专用车。列车长、车站站长、警察局长已先上车迎候，并在车里准备了午餐。我感谢车站、警方的周到安排，并请他们告诉在佛光山执行警卫任务的同事，把我到达高雄的时间转告星云大师。他们说，已经告诉大师了。原来，在我们离开台北时，警方已通知高雄警方从车站到佛光山布置警戒任务了。在佛光山布置警戒任务前，警方已经向星云大师通报了我乘坐的捷运到达高雄的时间了。

2. 大师亲自接站

捷运2时38分开车，4时6分到达高雄。车进站时，只见月台上警车、警察戒备森严。车尚未停稳，我从车窗里看到，星云大师竟然亲自来到车站迎接我。因为，我早就听说大师不良于行，出行都以轮椅代步。对他亲自来到车站迎接我深感意外，更感到不安。我快步下车，来到他面前双手握着他的手说，大师大驾亲临，折煞我也，不敢当，不敢当啊！大师眯缝着双眼，笑微微地拍拍我的手说，"我之所以亲自来接你，是因为你是个言而有信、有情有义之人呐！"说着拉着我的手，非让我坐他的车。看到警察跟过来，他笑着对他们说，"张会长坐我的车绝对安全啦，你们还有什么不放心的？"

在车里，他告诉我，"从下午起，佛光山就来了好几部警车，几十个警察。我就告诉他们，没有必要啦，张会长到佛光山绝对安全啦！"但是他们解释说，"任务在身，任务在身"。到了佛光山，如大师所说，果然是戒备森严，与佛寺净土之地显得很不协调。

大师把我引到云栖楼的大套间，入座后介绍说，这个套间蒋介石、蒋经国、马英九住过，他们的副手都没有资格住这里的。我一听这些人住过，心里五味杂陈，当即委婉地提出是否可以换个房间。大师摆摆手说"不可以，不可以"。理由是：1.根据你历次来台湾的表现和影响，你最有资格住这里。2.以前在这里住领导人时，警方的警戒方案都轻车熟路了，如果改变，他们也不会同意。话说到这个份儿上，我就恭敬不如从命了。

3. 两岸共建佛陀博物馆

安顿下来后，大师带我参观在建的佛陀博物馆。去年，在澳大利亚的佛光山道场南天寺，我曾见过佛陀博物馆的模型，没想到规模如此之大，竟有3个足球场的面积。大师介绍说，博物馆投资100亿新台币。中国佛教的根在大陆，佛陀博物馆理应建在大陆。虽然现在已经在佛光山开建了，但是希望以两岸的寺院共建的名义，不需要大陆的寺院出资。我答应回去后和国家宗教局商量。后来，经我与国家宗教局商量，同意了大师的建议，大陆近百家寺院参与共建。

接着，由佛光山监院慧炬法师陪我乘电瓶车参观寺院。慧炬法师介绍，当年星云大师在这里创建佛光山时，这里是一片贫瘠的穷山野岭，山上生长只能作柴火烧的苦竹。大师带领全体僧众披荆斩棘，备尝艰辛，经过几十年的努力，终于建成了这座驰名中外的佛教名山。

大师告诉我，有一年，在香港的国学大师南怀瑾拜访佛光山。这位大学者还是个知名的风水先生。于是星云大师请他看看佛光山的风水如何。南先生认真地看过之后对大师说，佛光山风水好哇，但是唯一不足的是，山边这条河。水是财，可是这条河把佛光山的财都流走了。不料星云大师听了南先生后，颔首微笑说，"南先生你算是说对了。我们佛光山就是散财的呀，我就是个散财童子托生的啊！"

4. 与五大洲的学子谈感恩

晚餐后，大师告诉我，每年寒暑假都有来自五大洲的学生来佛光山举办研习营。他们听说我来佛光山的消息后，希望与我见面，给他们讲讲课。我爽快地答应了。

原来他们多是来自世界各地的华人华侨子弟，估计有一百多人。大师向他们介绍了我的情况后，我说，作为老师，我与同学们有一种天然的亲近感。所以，能和来自全世界的学生们见面，是一个千载难逢的缘分。我在厦大每年给新生讲的第一堂课就是"学会感恩"，今天我就当你们是我们厦大的新生，也和你们上一堂"学会感恩"的课。

在东西方文化中都有感恩的内容，中国人有"感恩戴德"，西方有"感恩节"。感恩是一种不忘他人的恩情，时常萦绕在心的美好情感。是一种幸福的感受，因为人在感恩的过程中会涌动感动的幸福。感恩习惯是成为优秀人才的基础，因此，感恩是一种生活态度，处世哲学。

大家知道，厦大是爱国侨领陈嘉庚创办的，厦大把陈嘉庚尊称为"校主"，所以来到厦大学习要感恩嘉庚先生。佛光山是开山祖师星云大师创办的，我们今天来到佛光山研习要感恩星云大师。（大家鼓掌）

以感恩的心看人，人人皆为我而来。在每个人的生命中，总会遇到很多人，这些人就是与我有缘的人，应该感恩他们。遇到你爱的人，学会付出，遇到爱你的人，学会回报；遇到恨你的人，学会道歉，遇到你恨的人，学会原谅；遇到你欣赏的人，学会赞美，遇到欣赏你的人，学会笑纳；遇到你不懂的人，学会理解，遇到不懂你的人，学会沟通。即便是给我们带来麻烦、困扰的人，也要感恩他们，因为他们让我们看到了人性中的另一面。认识了假恶丑，才使我们更加明白追求真善美的可贵，从而考验了我们的坚强，提高了我们的识别能力，使我们更加成熟，更快成长。因此，在我们道德价值的坐标体系中，他人、社会、自然界都是我们感恩的对象。因为我们生活在这个世界上的一切，都对我们有恩。我们要感恩滋养我们的每一滴水,感恩给我们带来芬芳的每一朵花,感恩给我们带来温暖的每一缕阳光,感恩给我们生命的父母,感恩教我们知识的老师,感恩教我们学会善良的帮助我们的人,感恩教我们学会坚强的伤害我们的人。当然,感恩的同时也要提高警惕,不是无原则地一视同仁,以不要让品行不端的人扰乱了我们正常生活和宝贵的生命。

没有想到我的即席讲话会获得那么热烈的反响。甚至大师也频频颔首、鼓掌,学生们更是说受益匪浅。大师对我说,"听你一席话,觉着你有学佛的慧根,跟我们佛家的心是那么契合,简直认为你研究过佛学"。他甚至要求我在每年的研习营的时候都来给孩子们讲一课。我婉拒了大师的盛情,对我这个佛学门外汉,我岂敢造次到佛教圣地信口雌黄?

5. 星云大师的远虑近忧

第二天上午,在佛光山美术馆,大师专门开放了不对外开放的舍利戒坛,修行打坐寮室、佛学图书馆,并赠送我一套大师的著作。

佛光会在全世界有 270 多个道场,办了 8 所大学和 100 多个中小学。三年前,大师曾表示,两岸的研讨会可以在佛光山的世界各地的道场举办，费用全免。我曾参加过在日本的本栖寺、澳大利亚的南山寺的两岸研讨会，除了荤腥食品外，一切食宿费用皆由寺庙安排。因为寺院清静，确实是研讨会的理想之所。

鉴于佛光山在全世界佛学界的地位，佛光山在世界各地多次举办国际佛教大会。五年前，星云大师在自己出家的江苏宜兴创办大觉寺，有能容纳5000人的会议大厅就是为召开国际佛教大会设计的。2011年3月，我在应邀去星云大师在他的故乡扬州创办的扬州讲坛讲学时，应大觉寺监院妙士法师的邀请前往参观，当时寺院尚未完工，但从建设的规模和已经基本建成的大雄宝殿、展览馆、会议大厅来看，其恢宏的气势，宽敞的大堂，精心的绿化，优美的环境在两岸还是罕见的。

听大师说，每次举办国际佛教大会，都为高水平的多语种的翻译员缺乏发愁。有一次请来的翻译尽管是名校的外语高才生，但是因为缺乏佛学常识，无法翻译佛学专用术语，大师临时急调佛光山的僧人"救火"。现在佛光山有胜任25种语言的翻译僧人，是国际佛教大会翻译的主力。他们中很多人是在每年举办的冬令营和夏令营中培养出来的。

在与大师交谈中，深为他对佛学后继乏人的忧虑所感染。

他谈到出家人重在个人修行，不愿意深入研究佛学，佛学院也有断层之忧。从长远计议，提高佛学研究水平，需要两岸携手，共同开辟新的研究场所。现在在海外的孔子学院可否承担佛学研究的任务？我认为，此事涉及面广，需要有关方面协商，我可以把他的意见带回去向有关方面反映。国家在福建有海西经济区先行先试的政策，至于佛学研究能否享受这个政策，应该有讨论的空间。

午餐后到高雄小港机场。机场依然戒备森严，直到进入贵宾室，机场工作人员办好登机牌后，警方才算完成任务。临登机前，我再次感谢几天来日以继夜辛苦的警察们。自从抵达台湾时，我就向警方转告了北京希望外松内紧的意见，但是，他们似乎没有接受，从到台北直到离开高雄，都是内外皆紧。我虽然不以为然，但也没有办法改变他们的安排，也许他们有他们的考虑，我也只好客随主便了。

1点50分高雄小港机场起飞，因为需要绕道香港飞行识别区，2点45分到达厦门，飞行近1小时。如果从高雄直飞厦门，只需半个小时。虽然两岸称直航，实际还是"曲航"。

6. 大师厦大讲座"空与有之关系"

2011 年 4 月 6 日是厦大 90 周年校庆，我受校方委托，邀请大师在 4 月初到厦大南强讲座演讲。慈容法师提醒他，4 月 5 日在香港红墈体育场有个万人参加的演讲。大师摆摆手说，去厦大，香港的演讲改期。

4 月 3 日下午，大师飞抵厦门，我到机场接机。我告诉他厦大已安排住宿等接待事项，他摆摆手说，此前他的工作人员已经安排妥当了，什么都不需要安排，只要 5 日上午安排去厦大就可以了。

4 月 5 日上午 9 时，我把大师接到厦大建南大礼堂。朱校长等校领导在贵宾室迎候。演讲会开始前，朱校长与大师互赠书籍和"南强讲座"匾牌后，致欢迎辞。

我在主持演讲时说，今天的厦大阳光普照，佛光普照，星云大师驾一片祥云降临厦大。厦大与大师有缘，为我们开示"空与有之关系"，让我们聆听佛音。5000 多人的大礼堂座无虚席，连过道都坐满了人，那些没有入场券的人，只好在礼堂外洗耳恭听。

大师一个半小时的演讲配合字幕，让师生们一睹了大师的风采，领略了大师的深厚学养。演讲结束后，听得如痴如醉的人们前后簇拥着坐在轮椅上的大师，大师面带微笑，频频挥手，直到他上车还向大家挥手致意……

厦大的领导和同仁对我能请到星云表示好奇，问我"你不是佛教界人士，怎么能请得动这样一位高僧大德呢"？我只能笼统地应对"可能是缘分吧"。

因为此前，在大师身边的人和台湾的朋友转告我：在三年前，大师看了我在台湾两天的电视后说，张铭清的影响在20多年里，会发挥越来越大的作用！因为他的表现彻底改变了台湾人，甚至世界上对中国官员形象的看法和认识。他温文尔雅，学者风度，尤其是在突发事件面前，"骤然临之而不惊，无故加之而不怒"，表现了他处变不惊的修养，与那些袭击他的人的丑态，形成了鲜明的对比。他在台湾孤军奋战，几次即席讲话，句句在理，得到各方好评。有道是，是非自有公论，公道自在人心，耳听是虚，眼见为实，他在台湾这两天的表现，比说多少话的宣传的力量大得多。

他还吩咐身边的人，"今后，只要张先生有邀请，我一定践约，别的事可以往后排"。听了大师这么高的评价，我觉得受用不起，他老人家见多识广，可能言之有理，但是太过奖了。

7. 琴岛被围，小店尴尬

大师在大陆的信众很多，为了避免困扰，他来厦门的消息严格保密。但是在厦大演讲后，近在福建远在各地的信众和台商喜出望外，纷纷赶来厦门。为了避免厚此薄彼的麻烦，大师表示一律不见。对我们安排的其他行程，除了只答应去鼓浪屿外，也一律婉拒。

4月6日下午，按大师的意见安排去鼓浪屿。考虑到大师不良于行，须坐轮椅代步，为了他方便出行，我们乘游轮绕岛一周后登岛，参观了菽庄花园和钢琴博物馆。不料登岛后，他被游人认出，处处被包围着难以前行，非常不便，又无可奈何。但在菽庄花园和钢琴博物馆，他还是饶有兴味，对鼓浪屿风光、建筑赞不绝口。

回到厦门本岛后，因他乘坐的轮椅在鼓浪屿受损，我便赶紧托一个朋友去买一辆新的。正在西堤边等候轮椅时，大师被附近的一家台资企业主人发现，他自然喜出望外，赶紧热情地邀请大师进店喝茶。主人盛情难却，大师只好恭敬不如从命了。不料一进门，那位台商突然"扑通"一声双膝下跪，双手举起一个厚重的红包，请大师笑纳。这突如其来的一幕大出意外，只见大师把脸一沉，问了一句"你这是干什么？"便拂袖而去，弄得大家都很尴尬。直到车上，大师还一脸愠怒，一言不发。

8. 难忘的机场送行

南普陀方丈则悟大和尚得知是我邀请大师来厦大演讲的，便找我联系，希望星云大师"普照"南普陀，给众僧开示。征得大师同意后，就安排他在 4 月 7 日上午去南普陀讲学。

当天下午 3 点，到机场为大师送行。因为厦大校庆活动所请的学者名流演讲都按照惯例发给课酬，金额内外有别。我此前没有经办过此类事，不知如何给大师课酬。像他这样名满天下的大师，理应按最高标准办。但是考虑到他身份特殊，给少了，会不会被认为瞧不起他；给多了，又担心遇到昨天台商送红包的尴尬。因为拿不定主意，只好请教有经验的外院院长咨询。最后，来一个折中，按境外标准的下限发。

到机场后，为了避免台商遭遇的尴尬，我私下先与他的随员沟通，不料被断然拒绝，表示大师绝不会接受的。我一再说明这是校庆的规定，而且按下限安排，但他还是做不了主。我解释道，按照财务制度，既然已经出账了，就无法再入账，不然请随员先保存，回到台湾后再向大师说明。就在我们沟通时，大师似乎预料到我们交谈的内容，便问随员，他只好如实禀告大师。看着大师脸色阴沉下来，我已有听他要发火思想准备了。在我诚惶诚恐地等待他的雷霆之怒时，不料大师对我微微一笑，淡淡地吐了几个字"你这样做，是看不起我"。虽然声音是云淡风轻，但入耳如雷霆轰鸣。我赶忙致歉说"大师言重了，我可是承受不了哇！"他慈祥地笑了笑说："不知者不怪，你可能不知道我这个规矩。不过，我要请您记住，只要你需要我来，只要提前一周告诉我，我一定来！"听着大师这番话，我只觉得心头热浪翻滚，居然忘记了表示感谢，看着他在轮椅上缓缓地进机舱的背影，不知不觉潸然泪下。接过随员递过来的课酬，只觉得重如千钧。我只能请学院办公室主任房太伟去处理善后了。

后来，我对台湾朋友谈及此事，他们说，你没有听说星云大师有"三不沾"吗？见我一脸茫然，朋友说，他的"三不沾"就是从来"不沾钱，不沾物，不沾钥匙"。好一个"三不沾"！这就是高僧大德的境界。

9. 大师感人的《真诚告白——我最后的遗嘱》

后来，我读到了他的《真诚告白——我最后的遗嘱》，其中他对金钱、物质的看法发人深省：

　　人家以为我很有钱，事实上我以贫穷为职志。我童年家贫如洗，但我不感到我是贫苦的孩子，我心中觉得富有。到了老年，人家以为我很富有，拥有多少学校、文化、出版、基金会。但我却觉得自己空无一物，因为那都是十方大众的，不是我的。在世界上，我虽建设了多少寺院，但我不想为自己建一房一舍，为自己添一桌一椅。我上无片瓦，下无寸土。佛教僧伽物品都是十方共有，哪里有个人的呢？但在我的内心可又觉得世界都是我的。

　　我一生，不曾使用办公桌，也没有自己的橱柜，虽然徒众用心帮我设置，但我从来没有用过。我一生没有上过几次街，买过东西；一生没有存款，我的所有一切都是大众的，都是佛光山的，一切都归于社会，所有徒众也应该学习"将此身心奉给佛教"，做一个随缘的人。

　　我没有什么个人物质上的分配，说哪一块钱分给你们，哪一块房舍土地分给你们，也没有哪一个人拿什么纪念品。你要，那么多的书，随便在哪里都可以取得一本作为纪念；你不要，我有什么良言好话也没有用。我只有人间佛教供你们学习，只有道场供你们护持。

　　我这一生，奉行"以退为进，以众为我，以无为有，以空为乐"的人生观。

凡我徒众，拥有佛法就好，金钱、物质、尽量与人结缘，因为那是人间共有的财富。对于财务经济，点滴归公，我们每个人一切都是常住供应，不需纷争，不要占有，只要大家正信办到，生活应该不足挂虑。也希望徒众不要为世间这种衣食住行太多的分心障碍，此实不足道也。

我们每一个人都是"生没有带来，死也没有带去"，回顾自己这一生，我不知道曾为人间带来什么？但我带走了人间多少的喜欢，多少的善缘。我这一生所受到的佛恩、友谊，真是无比浩荡，我应该在人间活得很有价值。

读了他的这些话，我为自己在机场因"课酬"引起他不快的莽撞而后悔。如果早点看到他的这些话，我是断然不会有那样的愚蠢之举的。

10. 荣获星云真善美新闻传播奖的特别贡献奖

2009 年，佛光山开山宗长星云大师，为鼓励正面感染力的新闻从业人员，设立"星云真善美新闻传播奖"，此奖项有台湾"普利策新闻奖"之称。他在谈到办这个奖的初衷时说："希望我们的社会都从好处想、从好处看、从好处写、从好处说、从好处办，让我们这个社会到处都很美。"

这个奖的遴选方式是从数以百计的推荐信中选出具有正面感染力的新闻从业人员。奖项分为：华人世界特别奖（包括典范报人、媒体经营杰出奖、终身成就奖）；教育贡献奖、传播贡献奖和潜力奖。

第一届评选范围为海峡两岸，第二届扩大到香港，第三届扩大到全球华人。第二届获奖者中，大陆上海交大新闻学院院长张国良获得教育贡献奖，中央电视台主持人白岩松获得传播贡献奖。第三届获奖者中，大陆获得传播贡献奖的是中山大学传播与设计学院院长、原《财经》总编辑胡舒立，暨南大学新闻与传播学院院长、原《南方日报》总编辑范以锦。

我获得是"星云特别奖—两岸交流贡献奖"。获奖理由是："厦门大学新闻传播学院院长张铭清致力推动两岸新闻交流，为台湾媒体在大陆的采访排忧解难，对两岸媒体的互动贡献良多。"与我一同获得"星云特别奖"奖的是台湾知名媒体人陈文茜。她"制作优质节目，深入剖析两岸及国际时事，对人们深入了解中国大陆发展的优势与困境，有很大贡献"。

此前，我对获得推荐、并获奖的情况一无所知，直到2011

年9月22日接到江芳妮小姐电话（当年4月厦大校庆活动，请星云大师来厦大演讲就是通过她联系的）。她说接到星云文教基金会吴执行长电话，称有急事找我。我打通了吴执行长的电话后，才知道我荣获"星云真善美特别奖"的消息，要求我赶快通过邮箱发相关资料给他，并通知我11月20日去台北领奖。

因为我有事无法去台北领奖，特向"星云真善美特别奖"评奖委员会吴执行长说明原因，并感谢他们的厚爱，我的获奖证书已请参加颁奖活动的胡舒立代领。他们参加颁奖会的手续，我已经代为办理了。

11. "与大师结缘"交卷

8月4日，接到在扬州讲坛工作的江芳妮小姐电话，她说，根据大师的建议，在"扬州讲坛"的展室制作一块招贴版，请在扬州论坛发表过演讲的学者在上面留言。因为一年前我曾在那里做过演讲，所以欣然从命。因为留言要求言之有物，简明扼要，不超过100字，所以化了些功夫，写了以"与大师结缘"为题的88个字交卷。后来，江小姐告诉我，我的留言已经放在"扬州讲坛"展室了。

三、"10·21 事件"后第三次赴台

第二届两岸征文颁奖

1."曲航"

2012 年 3 月 16 日，应台湾"旺报"邀请出席第二届两岸征文颁奖活动。

上午 10：45 厦门起飞，12：07 抵达台北，飞了 82 分钟，因为绕道香港飞行情报区，航线呈"U"型，如果直飞只需 38 分钟。所以，名义是直航，实际上只能称为"曲航"。

我与参加此次活动的大陆新闻界人士入住神旺酒店，仍然如上次入住的警戒一样严密，除了几位按警方要求由旺旺集团自雇几位保镖外，还在我住的房间外的走廊通道上安装了一个门与外面隔断，门外又增加了两个保镖。

当晚，旺旺集团董事长蔡衍明举行欢迎晚宴。国民党主席吴伯雄、前副主席蒋孝严出席。吴伯雄主席告诉我，他本月 20

日去大陆参加祭黄帝陵活动，先到北京，胡锦涛总书记会见他。我问蒋孝严，《蒋家门内的孩子》何时出版？他含蓄地微笑着说"可能没有那么快"，似有难言之隐。

当天下午，第二届两岸征文颁奖会在台北国际会议中心举行。两岸媒体和文化负责人在肯定两岸征文对促进两岸新闻交流和加深两岸的相互了解所作的贡献，同时对深化两岸新闻交流提出了不少意见和建议，希望进一步扩大交流范围，为两岸加深了解，消除隔阂做出更大贡献。

《旺报》作为以报道两岸关系和大陆新闻为主的台湾媒体，在两岸新闻交流方面做了不少事情，除了举办两岸征文活动外，还与大陆多家媒体签订了合作协议。第一届两岸征文颁奖活动时，曾有福建和广东的媒体与《旺报》签订了合作协议，这次是与天津《今晚报》签订合作协议。他们还计划与更多的大陆媒体签订合作协议。因为这是对及时了解两岸都有利的举措，我也对双方做了些相互撮合牵线搭桥的工作。

2. 圆山饭店谈直航

当晚，旺报社长黄清龙请我接听圆山饭店总经理李建荣电话。他说连战荣誉主席晚上在圆山饭店与台湾名嘴们餐叙，因为名嘴们多是新闻界朋友，知道我今天在台北参加两岸征文颁奖活动，希望我能与他们见见面。

到了圆山饭店才发现，除了唐湘龙、张启楷、陈凤馨、兰萱、王美玉、裴伟等一干新闻界朋友外，还有国民党副主席林丰正、徐立德以及赵守博、张哲琛等党政官员。交谈的主题自然少不了台南遇袭事件国民党执政后两岸关系发展的前景。

我谈到，这次从厦门飞台北，在机舱显示的航线轨迹居然是呈"U"型，因为需飞香港飞行情报区。如果直飞，只要38分钟，所以说两岸直航是名不副实，实际上只能称为"曲航"。

听了我关于"曲航"的说法，连战等诸位政要和名嘴们也是异口同声认为不可思议，两岸相关部门应该为实现名副其实的直航举行谈判协商。我也顺水推舟，希望名嘴们在媒体上大声疾呼，尽快结束两岸同胞走冤枉路浪费时间的"曲航"现状。

其实，实现两岸名副其实的直航谈何容易！之所以至今没有实现两岸直航，根本原因是由国共内战的延续形成的两岸敌对状态尚未结束。两岸没有共同的飞行情报区，因此，从大陆北方飞台湾的飞机需要经过日本的那霸飞行情报区，从大陆南方飞台湾的飞机需要经过香港飞行情报区，这就是目前存在的"U"型"曲航"的原因。

早在 1979 年全国人大常委会的《告台湾同胞书》呼吁就结束两岸敌对状态进行谈判，签订"和平协议"。但是时至今日，结束两岸敌对状态进行谈判还没有举行，自然"和平协议"也无从签订。也就是说，解决"U"型"曲航"的症结尚未打开。这正是两岸需要共同努力的大事。

基隆港与孙运璇

"快快见到你美丽的基隆港"是"鼓浪屿之波"的一句歌词。基隆是天然深水良港，取"基地昌隆"的含义，原名"鸡笼"。作为台湾北部的港口城市，是台湾的北方门户，对外航运中心和海洋研究基地。在 1884 年中法战争中，台湾首任巡抚刘铭传在这里痛击法国入侵者，战场遗迹仍在。

3 月 18 日，我应邀来到这个曾经万商云集的港口城市是为有台湾"经济舵手"之称的孙运璇而来。

孙运璇生于 1913 年，1934 年毕业于哈工大，1945 年抗战胜利台湾光复后来到台湾基隆负责修复台湾电力系统。在日本从电力公司撤走 3000 多技术人员，并且预言"台湾在几年内将是一片漆黑"的时候，孙运璇临危受命，带领 60 多位技术人员夜以继日收拾了日本人丢下的烂摊子，5 个月就恢复了 80% 的供电系统，至 1957 年，使台湾发电量翻了一番。孙运璿从电力公司总工程师、"交通部长"、"经济部长"，到"行政院长"，为台湾十大建设、新竹工业园、台湾成为"亚洲四小龙"之一立下了汗马功劳，在台湾声誉如日中天，被蒋经国选为自己的接班人，但于 1984 年脑中风，2006 年病逝。

正因为孙运璿对台湾经济发展的卓越贡献，1990 年台湾海峡交流基金会成立时，他被聘请担任荣誉董事长。2006 年 2 月15 日，在他逝世后的第二天，海协会还向海基会发了唁电。

他的部属及后人准备在当年电力公司所在地基隆为他塑像，以纪念他对台湾经济的巨大贡献。因为作为哈工大的杰出校友，希望黑龙江协助制作铜像。他们热情邀请我来基隆，就是为了协商两岸携手完成孙运璿先生的塑像的有关事项。我表示回去后尽力协调，促成他后人的心愿。

初访金门

3 月 19 日一早，搭乘台湾复兴航班去金门。尽管厦门金门门对门，在厦门无数次眺望金门，但这是我首次踏足金门的土地。

住在名为"将军府"的小院，只不过是个狭小的小院，住房不过十来平方米，感到十分窘迫，似乎名不副实。据说此处是一位薛姓省主席的府邸。半个月前，马英九来金门参加一个马拉松赛跑，就住在这里。

金门之名虽有"固若金汤，雄镇海门"的战地含义。但是，也是人文荟萃之地，理学家朱熹在这里创办的"燕南书院"经过翻修，完好如初。金门历史上出过 40 多位进士，文风之盛可见一斑。

因为厦门大学与金门大学签订过合作协议，金门大学校长李金振盛情邀请我到学校座谈，介绍了金门大学从技术学院升格为综合性大学的经过。并为四位在这里学习的大陆优秀学生颁发奖学金。

当天下午，路过一个院子，门口赫然挂着"福建省政府"的牌子。好奇心使我一探究竟。进入办公室，同行的金门县旅游局长杨镇浯向一位官员介绍我后，他自称是"福建省政府"的秘书长。问他"福建省政府"有多少职员，他称有 40 多人。再问为什么没有看到他们呢？答曰，下班了，出去打球了。问平时的工作内容？答曰，就是为老家在福建的居民服务。问及服务项目，回答则是吞吞吐吐。杨局长告诉我，这里不过是个象征性的摆设，只为证明，台湾当局还在行使管理福建，乃至大陆的权利。这种畸形的"政府",真使人啼笑皆非。恐怕在全世界也是绝无仅有。

金门与胡琏

在两岸军事对峙时期,金门和厦门都是战地的前线、前哨。不过金门的战地特色比厦门更为明显,这个金门岛简直就是一个大碉堡。人工开凿的马山隧道有"天下第一哨"之称,隧道宽、高达十几米,洞口就是大海,1979 年,时任驻军连长的林毅夫就是从这里游到对岸的。狮山隧道有口径 105 厘米的榴弹炮,射程达 17 公里,可覆盖金厦海面,也可延伸至闽南沿海。

金门最宽阔的伯玉路,以金门驻军司令胡琏的字命名。金门人把对他有"恩公"和"灾星"称呼的两个截然不同的评价。称他"恩公"是因为他对金门的建设和经济发展做出的贡献。在他的任期内,修马路、建水厂、种高粱、办酒厂、建学校……使得原来"三无"(无路、无水、无树)的金门变为"三有"。称他"灾星"是因为他在哪里任职哪里就有战争,1949 年的金门战役,1958 年的"八二三炮战",都是在他担任金门驻军司令的任上发生的。1975 年的越南的南北方之战,也是在他担任

"驻南越大使"任上发生的。胡琏纪念馆介绍了他的一生，突出他在金门任职期间为金门的发展做出的贡献。

与林彪同为黄埔4期的胡琏以智勇超群成为蒋介石的良将、爱将，是蒋介石五大主力中最后被歼的王牌。他被毛泽东称为"狡如狐，勇如虎"的对手。在淮海战场国民党12兵团司令黄维被包围时，蒋介石急调回家为父奔丧的胡琏到双堆集救黄维。黄维被俘后，胡琏居然钻进一辆坦克里，从解放军的重重包围圈里逃跑了。1949年，兵败如山倒的蒋介石把他挑选为金防司令，守卫金门第一线的战略要地。在解放金门的战役中，解放军失利，台方称为"古宁头大捷"。

今天，当年古宁头战地的硝烟弥漫早已消散，这里已经洋溢着和平的气氛：和平公园、和平墙、和平钟……抚今追昔，令人感慨万千。

厦门与叶飞

谈到金门与胡琏，不能不谈厦门与叶飞。金门厦门隔海相望，对海峡两岸而言，其地理位置和战略位置可以相提并论。曾经在两地主军主政的叶飞和胡琏又有惊人的相似之处。

解放军开国上将叶飞和国民党一级上将胡琏都因骁勇善战

有"悍将"之称。1949 年，担任三野十兵团司令员的叶飞挥兵南下势如破竹，进军福建，连克福州、漳州，厦门，剑指金门。10 月 27 日进攻金门时，他的对手正是胡琏。金门一役，叶飞麾下的三个加强团 9000 多人兵败垂成，是解放战争中解放军首尝败绩。胡琏则以"古宁头大捷"名声大振。

1958 年"八二三炮战"，毛泽东主席指定时任中共福建省委书记、福州军区第一政委的叶飞为战役前线总指挥，时任"福建省主席"、有"金门王"之称的金门防卫司令官的正是胡琏。

国共两党多次交手过的这两位将军好像有个约定一样，对金门和厦门情有独钟，他们都不约而同地交待家人，在他们过世后，叶飞把骨灰埋在厦门，胡琏的骨灰以海葬方式撒到金门、澎湖海域，以实现他"魂护台澎"的遗愿。两位将军殊途同归真可谓心有灵犀一点通。

叶飞、胡琏的后人相见欢

从金门回来后，在厦门谈到金门和胡琏的话题，一位台商朋友告诉我，胡琏的孙子胡敏升是在厦门的台商。巧合的是，叶飞的女儿叶小楠是海沧台商投资区管委会的副主任。叶飞、胡琏的后人居然与他们的前辈一样，又有交集。当时，我灵光一现：如果让叶小楠和胡敏升见一面，岂不是又续了一段佳话？我得责无旁贷地促成这段佳话。

因为工作关系我与叶主任认识，先给她电话沟通，说了与胡敏升见面认识一下，没有其他意思。她毕竟是做过对台工作的，知道"对台无小事"，显得比较谨慎，顾虑见面是否合适，谈什么？是否需要向领导报备？我说，是我组织的活动，我在场，你就放心吧。她一笑说，也是，有国台办的官员在，是我多虑了。

因为我曾多次参加过台商的活动和聚会，尤其是台南遇袭事件发生后，台湾朋友都知道我。尽管还没有与胡敏升见过面，但是相信提到我，他也不会陌生。我先通过与他相熟的台湾朋友给他递个信，说我张某人想请他和海沧台商投资区管委会叶主任聚一聚，看他有没有时间安排，没想到他一口答应说，能与我和叶主任相聚，他求之不得，随时恭候。

第二天晚上，由我做东，我们三个人就相聚了。因为他们此前不认识，我先开场："感谢二位赏光！俗话说'有缘千里来相会，无缘对面不相识'，咱们今天相会是因为有缘。我在国台办工作，叶主任在台商投资区管委会工作，胡先生是台商，三个人都因台结缘，岂不是有缘吗？还有句话说'度尽劫波兄弟在，相逢一笑泯恩仇'。劫波嘛，你们的先人都度尽了，咱们今天是相逢一笑，而且也没有恩仇可泯了。相信叶、胡两位上将在天之灵看到他们的后辈握手言欢，一定会含笑九泉的。"我先请胡先生谈谈他在厦门经商的情况，他感谢叶主任等厦门的相关部门对台商的支持帮助。叶主任则诚恳地表示一定努力为在厦门的台商排忧解难，提供各方面的服务。

我谈到，他们的先人作为军人以智勇双全闻名，毛泽东对他们都有很高的评价，而且都有个"虎"字，说胡琏将军是"狡如狐，猛如虎"，说叶飞将军是"老虎屁股摸不得的虎将"。而且他们都有很深的金厦情结，这当然与他们在这里交手有关，所以他们都不约定而同地要后人把他们埋骨金厦。

1977年6月22日，胡琏病逝台北。家人遵照他的遗愿，将骨灰撒在金厦海域。

1999年4月18日，叶飞病逝北京。早在1991年，他就对夫人和女儿交代："我死后就葬在厦门，这是我对你们的正式交代。"2000年春天，他与夫人的骨灰安葬在厦门烈士陵园。这里安息着解放厦门牺牲的他的战友和在"八二三炮战"中捐躯的英雄安业民。当年指挥千军万马的将军实现了与战士永远在一起的心愿。叶小楠当然最理解父亲的心愿:"父亲生不能看到祖国统一,死也要在这离台湾最近的地方,等着那一天。"

送走胡敏升之后,叶小楠对我说,她有个请求,明年清明节,她想去金门古宁头烧一炷香,祭奠在那里牺牲的解放军官兵。我当然十分理解她的心情,但是这不是我点头就能办到的事,我答应把她的想法转告上级有关单位,毕竟此事涉及两岸敏感话题,需要认真评估。

送别了两位客人,我漫步海边,遥望两岸的万家灯火,不禁浮想联翩:当年他们的父辈、国共两军的将军曾在这里捉对厮杀,今天他们的后代却在这里聚首把酒言欢。两位徘徊在金厦海域的将军的在天之灵不知作何感慨?

厦门机场和金门机场能互为备降机场吗

在金门期间,一位在台北没有见到的朋友赶来金门见面。不巧,因为金门机场不符合降落的条件,航班被取消。当晚,在与金门县长李沃士餐聚时,谈到此事,不料引发了李县长一席关于厦门机场和金门机场能否互为备降机场的话题。

按照航空要求,飞机在飞行过程中不能或不宜飞往计划中的目的机场或目的机场不适合着陆,而降落在附近其他机场的行为称为备降。备降机场一般在飞机起飞前都已经预先订好。当班机长签署的飞行计划中都必须明确一个条件适合的机场作为地备降机场。

因为金门与厦门两个机场距离最近，厦门机场无疑是以金门为目的地机场最理想的备降机场。如果厦门机场和金门机场互为备降机场，因为距离很近，乘坐半个小时的船就可以到达目的地。

但是，由于人所共知的历史原因，包括厦门机场在内的大陆机场无法成为金门机场的备降机场。如果以金门机场为目的机场不适合着陆，又不能以大陆机场作为备降机场，就只好飞返航回台湾，误时误事，劳民伤财。

当晚，正巧海基会副秘书长高文诚先生在座，我问他此事是否与大陆方面沟通商谈过。他说，在与福建方面商谈设立连江—马祖旅游区时，谈到过此事，因为此事体大，涉及两岸结束目前实际存在的敌对状态，需要在两岸签订和平协议的前提下，才能解决两岸互为备降机场的问题。目前，尚不具备解决这一问题的条件。

是啊，事涉两岸问题的解决，每每遇到障碍，其原因盖为目前实际存在的敌对状态没有解除，两岸尚未签订和平协议，两岸航线不仅不能互为备降机场，还不能实现直航，时至今日，这些具体问题依然无解，令人扼腕叹息。

四、"10·21 事件"后第四次赴台

2012 年 8 月 6 日上午，我搭乘 MF887 航班飞往台北。这是"10·21 事件"后，我第四次赴台。此行有两个任务：一是 8 月 7 日出席在台北举办的第三届"创富论坛"；二是 8 月 8 日参加在高雄举行的两岸旅游圆桌会议。根据会议的日程安排，8 月 8 日在澎湖考察一天，9 日到高雄开会。

欢迎宴会上的即席讲话

在 8 月 6 日晚"创富论坛"举办的欢迎宴会上，台湾方面由时任台湾地区副领导人的萧万长以大中华经济圈基金会董事长民间身份出席。因为他的招牌式微笑，所以有"微笑老萧"的雅号。见面后见他几乎一直保持着他招牌式微笑，果然名不虚传。他的讲话以他一贯倡导的"大中华经济圈"为题，谈了两岸经贸有了三个突破、存在三个问题、提出三点展望。

宴会前，主持人旺旺集团董事长蔡衍明已告诉我萧万长出

席,并代表主办方致辞,没有安排我讲话。不料萧万长先生讲完话后,突然请我讲话。我猝不及防,但盛情难却,恭敬不如从命。我看看萧先生说,久闻萧先生有"微笑老萧"的大名,今天有缘结识,感到非常荣幸。有道是春风拂面,今天在萧先生的脸上得以亲见,果然名不虚传。

为了回应他一贯倡导的"大中华经济圈",我接着说,萧先生对两岸经贸有了三个突破、存在三个问题、提出三点展望的高见,更是受益匪浅。中国人被誉为世界上最聪明的民族,只要两岸携起手来,以中国人的聪明才智,共同抗击当前的金融风暴,共同渡过世界经济的冬天是可以期待的。60年来,我们两岸走过了不同的发展道路,各有成功,也各有教训,我们不妨把对岸的经历看作彼此可以借鉴的实验场,互相虚心学习对岸的经验,汲取对岸的教训,为实现中华民族的伟大复兴勠力同心!

我的即席讲话得到大家的认可,不乏过誉之词。

出席"创富论坛"后赴澎湖考察

8月7日9时,第三届"创富论坛"在台北圆山饭店举行。按议程安排,我在台湾行政部门负责人吴敦义、陆委会主委赖幸媛女士致辞后讲话。按事先安排，在吴敦义离场后，我才由蔡衍明董事长陪同进入会场，与致辞后的赖幸媛女士握手致意。

根据会议安排，我讲话后在饭店贵宾室接受央视、台湾中天电视台、工商时报等两岸媒体采访。因为与论坛相关的内容，已在刚才的讲话里说了，对题外的问题，只做了简单的回应。

根据"两岸旅游圆桌会议"的安排，8月8日我先到澎湖考察后再赴高雄开会。因为没有北京直飞澎湖的航班，从北京出发的参会人员只能先飞台北再转澎湖，他们已经先我一天到达澎湖考察并转机去高雄了。我因出席第三届"创富论坛"，迟到一天，由会议单独安排。

下午2时去松山机场，我乘坐立荣航空公司的B7609航班去澎湖，警方安排的几位警员随行。飞行50分钟到达澎湖马公机场，受到县长王乾发、议长洪栋霖和台湾旅业公会驻北京办事处负责人迎接，并按会议安排，重走一遍先行的与会人员的行程：听取澎湖游客中心主任介绍澎湖概况，观看澎湖旅游电视片。晚上，我由澎湖旅游局陈局长陪同，登上观音亭跨海大桥观看澎湖夜景。放眼望去，澎湖的万家灯火尽收眼底，仿佛万斛明珠撒落在千顷碧波之上，难怪潘安邦在这里找到了"外婆的澎湖湾"创作灵感。

战略要地

潘安邦的一曲"外婆的澎湖湾",打响了澎湖的知名度,殊不知,澎湖更是重要的战略要地。1958 年"八二三炮战"时,蒋介石在澎湖坐镇指挥,称澎湖是福州、厦门与台湾的中心,是台湾海峡要塞,控制了澎湖就可以控制台湾。

1683 年(康熙二十二年)7 月,施琅率领 2 万官兵,200 多条战船击溃守卫澎湖的刘国轩率领的郑军。澎湖一役,台湾门户洞开,无法防守,迫使郑克塽投降,实现了全国统一,史称康熙统一台湾。

这里有郑成功、施琅、刘铭传曾经居住过的房舍,以及蒋介石和蒋经国多次住过的第一行馆。两蒋住过的第一行馆,有蒋介石的半身塑像以及他写的"复国反攻大陆基地"的条幅。行馆本来是日本人为接待皇太子来澎湖而建,坐落在一座小花园中,馆内卧室、办公室、会客室等一应俱全,不过皇太子没有来住过。

跨过渔翁—白沙大桥,在外垵乡,曾任台湾巡抚的刘铭传抗击法国入侵者的古炮台雄风犹在,大炮的射程可以封锁东边的海面。据悉是李鸿章花费了全国六分之一的军事费用从法国购置的，与德国的克虏伯大炮齐名，为当时世界最先进的大炮。

景观特色

　　澎湖多庙宇，妈祖庙、关公庙不说，祖庙尤甚。一座吴府庙雕梁画栋气势恢宏，系吴氏后人为纪念祖上所建。白沙乡的一座庙宇前有一棵300多年树龄的古榕，有60多支树干，如同一个硕大无朋的葡萄架。因为岛上风大，榕树难以往上生长，只好从庙宇门前向外平行铺展，占地达8亩之多。

　　乘澎湖渔政船颠簸一小时来到七美岛。七美岛因有七美冢得名。明嘉靖年间，倭寇登岛烧杀掠抢无恶不作。当地的七位姑娘为反抗倭寇侮辱，投井保节。人们为了纪念她们，修建了纪念亭，填了她们殉节的水井修建了七美冢，并在冢边种下了七棵李树。令人不解的是，这七棵李树只开花不结果，移栽异地种不活，被传为佳话。

　　在近处的一座名为望夫石的小山，酷似一位渔妇望着大海，等待她出海打鱼的丈夫平安回来。因丈夫没有回来，她跳海殉夫。此处的奇观是，小山的阴面有一口甜水井，水源很旺。

清心小吃店

傍晚，主人安排在路边一家门面和空间很小的清心小吃店用餐。

进门后发现墙壁上挂满了台湾政要蒋经国、连战、马英九等人的照片。原来，当年蒋经国来澎湖时，就近在这里用餐过。后来，凡是来澎湖的台湾政要无不慕名而来此用餐，并拍照留念，于是寂寂无名的小店声名鹊起，生意兴隆。

这个小店的主人原名吕酒瓶，蒋经国认为他名字俗气，以谐音为他改为吕九屏。因为蒋经国的到来使他生意兴隆，逐从此与蒋经国结为好友。他每次到台北都给蒋经国带海鲜，还经常给蒋经国写信，蒋经国也给他回信。他把蒋经国给他的信镶嵌起来，悬挂在墙上，既可自我炫耀，又以此招徕顾客。

吕九屏去世后，他的后人接班，时过境迁，尽管生意已不如前，但是名气还在，特别是两岸开放探亲后，陆客络绎不绝，生意仍然不错。就在我们用餐的时间，耳闻这里的客人南腔北调，大都是陆客。不仅在小吃店陆客不少，几乎所有景点，都是南腔北调盈耳。不仅在澎湖，遍及台湾的陆客成为台湾旅游业的支柱已经是不争的事实。

两岸旅游圆桌会议

8月9日，乘立荣航空B-7658航班到达高雄，参加在佛光山举办的两岸旅游圆桌会议。

星云大师因身体欠安，还在住院，也带病从医院赶来，坐在轮椅上率一众僧人欢迎。大师告知我，一年前开建的佛陀博物馆在各方支持下已经基本建成，他感谢我与国家宗教局的支持，使他由两岸寺庙联合建设佛陀博物馆的心愿得以实现。因为自己不良于行，便请慧矩法师接引我参观。

慧矩法师请我在接待室观看佛陀博物馆的介绍、星云大师经历和大师讲解佛陀的4D的视频。依次参观博物馆的八座塔，每座塔都是各有主题的佛教的内容，主塔中更有佛祖释迦牟尼的舍利，透过层层护卫的佛龛，宛如白玉的佛骨舍利晶莹剔透，散发着庄严神圣的佛光，令人肃然起敬。

正当我沐浴在佛骨舍利的光芒中的时候，慈容法师告知，国家旅游局局长邵琪伟主持的两岸旅游圆桌会议开幕时间快到了，邵局长请我到会，于是急忙赶到会场。邵局长是从上海到云南下乡知青成长起来的领导干部，曾担任过云南省分管对台工作的副省长，后到国家旅游局工作。在云南和旅游局都因为涉台工作，与我有过交集，彼此熟悉。此次两岸旅游圆桌会议，我也参加了相关的筹备工作，并代表国台办和海协会出席并讲话。

旅游与寺庙关系之我见

我的致辞从旅游与寺庙关系谈起：自古天下名山僧占多，因为寺庙大都建在风景名胜区，所以，有人把旅游浓缩为一句话"白天看庙，晚上睡觉"，可见旅游与寺庙有先天的密不可分的关系。此次两岸旅游圆桌会议在佛光山举办，就是这种密不可分的关系的生动例证，可以说是选对了地方。还有个数字更可以证明旅游与寺庙密不可分的关系，自从佛陀纪念馆开馆后，上半年来佛光山的游客达到670万人次，按照这个比例计算，一年可达1300万人次，比世界游客最多的法国罗浮宫一年1000万人次还多。

我们现在的旅游市场还处在初级阶段，不够成熟，称之为"粗暴旅游"或"野蛮旅游"也不为过。成熟的旅游市场应该是"旅"快"游"慢，但是，初级阶段的旅游恰恰相反，即"旅"慢"游"快，时间多花在路上，辛辛苦苦跑几天，到了景点除了拍了一堆照片外，几乎没有什么印象，收获更无从谈起，所以对这种不成熟的旅游有"没有去过终生遗憾，去了遗憾终生"的调侃。

成熟的文明旅游的应该是文化含量高的文化活动。寺庙是佛教文化的载体，比较一般的自然风景有更深层次的文化含量，旅游区的文化含量决定了旅游的质量和层次。所以，把旅游归结为"白天看庙"也是非常有道理的。当然，除了寺庙外，很多具有历史和人文元素的景点也是有文化含量的，应该在旅游从初级阶段向文明的高级阶段进程中，不断提高文化含量。

我的发言得到了两岸旅游界朋友和佛光山大德高僧们的认可，认为从旅游与寺庙关系入题，对提高旅游业的水平有所裨益。

大师佛教研究的远虑

这次来佛光山仍然住在上次来这里住的云栖楼的大套房。8月10日，因为搭乘早上7点的台湾复兴航空公司 GE3666 班机返回厦门，我4点钟就起床了。正在收拾行装，听到敲门声，我以为是工作人员叫我起床，便答应道"我已经起床了"，边说边打开房门。出乎意料的是，刚才敲门的居然是坐在轮椅上，弥勒佛一般微笑着的星云大师。我赶紧请他进门，"抱怨"他不该这么早来送行。

因为今天启程的航班太早，我不愿太早打扰他们，昨晚就表达了就此辞行，加之大师不良于行，明早千万不要来送行了。当时大师和佛光山法师们都异口同声地表示不会来送行，由会议工作人员叫醒并送行就好了。再说，还有警方带的几部警车和几十位警员，完全不需要惊动佛光山的法师们。

大师略带歉意地说，没有打扰你休息吧？我赶紧回话"没有没有，我4点钟就起床了。不过您没有信守承诺，这么一大早就来送行"。大师说，"我平时都是这个时候起床的。今天是顺便过来看看你，当然也还有几句话要说"。

大师说，"人无远虑必有近忧。近忧嘛，就是佛陀博物馆，已经在两岸各方，包括国家宗教局和你的支持下完成了，算是了却了我的一个心愿。远虑嘛，就是佛教的后继有人的事，我考虑传承中华文化，研究佛教是一个重要部分，现在的出家人文化和研究能力有限，而且他们重点都在自我修行，恐怕不能指望他们去研究，需要建造研究院或书院这样的专门机构来研究。这件事需要两岸携手来做，特别是需要大陆方面的支持，因为毕竟佛教的根在大陆"。

我已经从他焦灼的脸色上，看到了他急迫的心情，当然我不便挑明，不料他竟然直抒胸臆："我毕竟是 80 多岁的人了，自知来日无多，所以心急如焚。这件事办成了，我就死能瞑目了。"

望着大师面带悲戚的神情，不由自主地一阵悲壮的心情涌上心头，我完全理解他的迫切心情，答应回去后转达他的想法。

在我们交谈期间，我看到工作人员几次指指手表，示意出发的时间到了。我只好起身握着大师的手告辞了。

由于警方和机场方面周到的安排，到达机场后一路绿灯。航站苏主任一直把我送到飞机的座位上，把我交待机组和乘务人员后才下客机。机上服务很好，飞行一小时到达厦门。

走出厦门机场，迎着徐徐拂面的海风，经过环岛路时，"一国两制统一中国"的巨幅标语牌映入眼帘，与对面金门岛上的"三民主义统一中国"的巨幅标语牌，遥遥相对，相映成趣。两岸的标语都是八个字，除了前面四个字不同外，后面的四个字都是"统一中国"。可见两岸同胞希望国家统一的心愿都是一致的，这就是最大的公约数嘛。两岸同胞血浓于水、是打断骨头连着筋的骨肉兄弟，为什么不能就国家统一大业坐下来谈谈呢？尽管亲兄弟也有过同室操戈、骨肉相残不堪回首的过去，就把那一页翻过去，度尽劫波兄弟在，为了祖国的统一大业，两岸有什么理由不向前看，不相逢一笑泯恩仇呢？